임영기 장편소설

FUSION FANTASTIC STORY

갓 오브 솔저

GOD OF SOLDIER

갓오브솔저 5
임영기 장편소설

초판 1쇄 찍은 날 § 2017년 4월 26일
초판 1쇄 펴낸 날 § 2017년 5월 3일

지은이 § 임영기
펴낸이 § 서경석

편집책임 § 이지연

펴낸곳 § 도서출판 청어람
등록번호 § 제387-1999-000006호
등록일자 § 1999. 5. 31
어람번호 § 제1-2685호

주소 § 경기도 부천시 부일로 483번길 40 서경B/D 3F (우) 14640
전화 § 032-656-4452 팩스 § 032-656-4453
http://www.chungeoram.com
E-mail § chungeorambook@daum.net

ⓒ 임영기, 2017

ISBN 979-11-04-91311-2 04810
ISBN 979-11-04-91179-8 (세트)

5

GOD
SOLDIER

임영기 장편소설
FUSION FANTASTIC STORY

갓오브솔저

도서출판 청어람

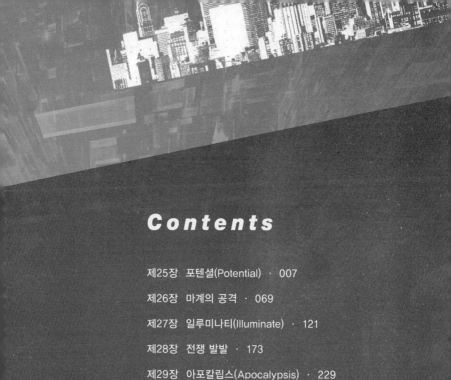

Contents

제25장
포텐셜(Potential)

혜광은 강도가 절대로 구인겸의 둘째 제자 태청이 아니라고 확신했다.

그리고 이제야 의문이 풀렸다.

혜광 자신이 그리고 전황과 전유승이 그렇게 호락호락 당할 리가 없다.

상대가 태청이 아니기 때문이었다.

그렇지만 의문 하나가 풀리니까 더 큰 의문이 생겼다.

상대가 태청이 아니라면 대체 누구라는 말인가?

혜광은 우뚝 서서 자신을 굽어보고 있는 강도에게서 무언가 찾아내려는 듯 결사적으로 바라보았다.

어쩌면 저 얼굴은 진면목이 아닐 수도 있다.

그런데 도무지 누군지 알 수가 없다.

혜광은 상대가 절대신군일 거라는 추측은 1%도 하지 않고 있었다.

강도는 방금 혜광더러 자기 수하가 되라고 말했다.

조금 전에 강도가 싸움에서 이기면 자신의 뜻에 따라달라고 말했을 때 혜광은 그러겠다고 대답했었다.

그런데 설마 수하가 되라고 요구할 줄은 예상하지 못했다.

아무리 약속을 했다지만 혜광이 강도, 아니, 태청의 수하가 될 수는 없는 일이다.

혜광은 일어나지도 못하고 벌렁 누운 상태에서 돌덩이처럼 굳은 얼굴로 강도를 차갑게 쏘아보기만 할 뿐 아무 말도 하지 않았다.

그로서는 지금 이 상황이 너무도 황당하고 치욕적이라서 그저 죽고 싶은 생각뿐이다.

수치심은 나이에 상관이 없는 것이다.

그렇다고 혜광이 자결을 한다면 천추에 길이 남을 치욕만 남기게 될 것이다.

강도가 조용히 입을 열었다.

"약속을 지키지 않을 생각입니까?"

"……."

혜광 얼굴에 착잡한 표정이 떠올랐고 그는 곧 눈을 감았다.

그로서는 진퇴양난의 상황일 것이다.

강도는 혜광의 생각을 다 읽었다.

그래서 혜광에게 자신의 생각을 보냈다.

[혜광, 편하게 가자.]

"……."

머릿속에서 나직하게 울리는 목소리에 혜광은 흠칫 놀라서 번쩍 눈을 떴다.

강도는 결단을 내렸다.

혜광이 아무리 약속을 했다지만 절대로 강도의 수하가 되지 않을 것이다.

그런데도 자꾸 몰아붙이면 십중팔구 파국으로 치달을 것이 분명하다.

궁서설묘(窮鼠囓猫)라는 말이 있다. 궁지에 몰린 쥐가 도리어 고양이를 문다는 뜻이다.

혜광은 방금 머릿속에서 명멸한 목소리를 어디선가 들은 적이 있었다.

아니, 비단 들었을 뿐만 아니라 그 목소리의 주인이 누군지 똑똑하게 기억하고 있다.

그래서 그는 눈을 잔뜩 부릅뜨고 태청 모습을 하고 있는 강도를 쏘아보고 있었다.

혜광은 전음으로 뭔가 물어보려고 하려는데 전음이 되지 않았다.

[내가 누군지 알겠는가?]

혜광은 눈을 깜빡거렸다.

안다는 뜻이다.

지금 그의 마음에는 폭풍우가 몰아치고 있다.

'아아… 신군이 오셨다……! 이제 됐다……!'

혜광은 속으로 눈물을 흘렸다.

강도는 더 이상 혜광을 채근하지 않았다.

그의 마음을 자세히 읽었기 때문이다.

강도는 음유한 진기를 발출해서 혜광의 몸을 어루만져 폐지했던 무공을 원상태로 해주고 가슴의 통증을 순식간에 사라지게 만들었다.

―아무 말도 하지 마라.

벌떡 일어나는 혜광의 머릿속에서 강도의 말이 울렸다.

강도는 앞에 서 있는 혜광을 응시했다.

―내일 부를 테니 아무에게도 내 존재를 말하지 마라.

혜광은 돌아서서 구인겸 쪽으로 걸어가는 강도의 뒷모습을 보며 표정이 여러 차례 변했으나 곧 평정을 되찾았다.

사람들은 의아한 표정으로 강도와 혜광을 번갈아서 쳐다보았다.

　강도가 혜광을 쓰러뜨린 후에 자신의 수하가 되라고 말했는데 거기에 대한 결말이 없이 그냥 돌아섰기 때문이다.

　[주군.]

　구인겸은 다가오고 있는 강도를 전음으로 불렀다.

　─가자.

　강도는 그를 지나쳐서 걸어가며 심언을 보냈다.

　유성추혼은 갑작스러운 상황에 어리둥절해졌다.

　도맹 부맹주 현천자의 둘째 제자가 불맹의 전유승과 전황, 혜광을 연달아 쓰러뜨리는 일대 파란을 일으키더니 갑자기 아무 일도 없었던 것처럼 돌아섰기 때문이다.

　강도는 멀리에서 누구에게라고 할 것 없이 두루 포권을 해 보이더니 휙 몸을 돌려서 도로 쪽으로 걸어가고 그 뒤를 유선이 급히 뒤따랐다.

　유성추혼은 강도, 아니, 태청을 부르려고 손을 뻗었다.

　그때 구인겸이 다가와서 말했다.

　"유성 대협, 실례가 많았소."

　"도장, 이게 어떻게……."

　"이만 가보겠소."

　"도장."

　유성추혼이 부르는데도 구인겸은 몸을 돌려 걸어갔다.

"이거 도대체……."

그가 어이없는 표정을 짓고 있을 때 천비와 태허가 전황과 전유승을 안고 별장 밖으로 걸어 나가고 혜광이 그 뒤를 따르고 있었다.

유성추혼 최정훈이 청평 별장을 떠나려고 할 때 협사조장 안예모가 다가와 조심스럽게 휴대폰을 내밀었다.

"부맹주를 찾는 전화입니다."

"누군가?"

"그냥 잘난 동생이라고만 하는데요?"

최정훈의 눈이 화등잔처럼 커졌다.

"뭐어?"

그는 독수리처럼 안예모의 손에서 휴대폰을 낚아챘다.

"여보세요! 누굽니까?"

휴대폰에서 명랑한 웃음소리가 흘러나왔다.

―하하하하! 형님 목소리 오랜만에 들으니까 좋군요.

최정훈의 얼굴이 기쁨으로 물들었다.

"강도 아우!"

무림에 있을 때 최정훈은 자신보다 백배는 훌륭한 의제를 늘 '잘난 동생'이라고 불렀었다.

최정훈은 국립극장에서 열리는 소유빈의 바이올린 독주회

에 갈 수가 없게 됐다.

소유빈의 공연을 보고 또 공연이 끝난 후에 그녀에게 꽃다발을 주면서 자연스럽게 저녁 식사를 하려고 계획했었는데 취소했다.

물론 소유빈은 전혀 모르는 최정훈 혼자만의 계획이었기 때문에 그녀에게 알릴 필요는 없다.

그래도 최정훈은 너무 기분이 좋아서 입이 귀에 걸렸다.

오늘 청평 별장에서 그로서는 이해할 수 없는 희한한 일이 벌어졌지만 신경 쓰지 않는다.

최정훈 살아생전에 최고의 만남이고 교제라고 굳게 믿었던 잘난 동생하고의 재회는 그 모든 것을 충분히 상쇄시키고도 남음이 있기 때문이다.

"하하하! 강도 아우가 현 세계 사람이었을 줄은 꿈에도 몰랐구나."

최정훈은 무림에서 현 세계로 복귀한 이후 최고로 기분이 좋아졌다.

최정훈이 잘난 동생하고 만나기로 한 장소는 영등포 사거리 근처의 평범한 식당이다.

낮에는 식사를 팔고 밤에는 술도 파는 꽤 유명한 선술집 분위기의 그곳에는 회사가 끝나고 몰려온 샐러리맨들로 발 디딜 틈 없이 북적이고 있었다.

최정훈은 들뜬 마음으로 식당 안에 들어서자마자 강도를 찾으려고 두리번거렸다.

예전에 무림에서 그는 주루 같은 곳에서 수십 번이나 강도를 만났었지만 단 한 번도 그를 찾느라 애를 먹은 적이 없었다.

강도하고 무슨 텔레파시 같은 게 통하는 건지 그냥 주루에 들어서기만 하면 자동적으로 강도가 있는 곳으로 시선이 옮겨졌었다.

그런데 지금도 그랬다.

빈자리가 하나도 없으며 일하는 사람들과 손님들이 바삐 오가는 복잡한 실내에 들어선 최정훈은 일 층 실내를 한번슥 둘러보고는 즉시 이 층 계단으로 올라갔다.

그리고 저기 창가에 혼자 앉아서 창밖을 내다보고 있는 강도의 옆모습을 발견했다.

강도를 바라보는 최정훈의 심장이 미친 듯이 쿵쾅거렸다.

최정훈이 반가운 마음으로 거의 뛰다시피 가고 있는데 강도가 일어나더니 그를 향해 돌아서서 환하게 웃으며 두 팔을 활짝 벌렸다.

"형님!"

"아우!"

두 사람은 서로를 와락 부둥켜안았다.

그러고는 아무 말도 하지 않았다.

두 사람의 재회는 몇 마디 말로 표현하기에는 너무도 감동적이기 때문이다.

예전부터 강도는 냉정하고 사리 판단이 분명했지만 최정훈은 몹시 감성적이었다.

강도를 힘껏 끌어안은 최정훈은 목이 메고 눈시울이 뜨거워졌다.

무림에서도 최정훈은 감정이 풍부해서 시를 잘 지었으며 음악을 좋아했었다.

두 사람이 꽤 오랫동안 포옹하고 있는 모습을 손님들이 재미있다는 듯 쳐다보았다.

강도와 정훈은 마주 앉아서 보통 사람들처럼 웃고 떠들면서 술을 마셨다.

무림에서 두 사람은 일일이 셀 수도 없을 만큼 많은 일을 함께했었기에 할 얘기가 산더미 같았다.

테이블에는 얼큰한 동태찌개와 골뱅이무침이 안주로 놓여 있으며 종업원이 벌써 5병째 소주를 갖다 주었다.

"하하하하!"

강도와 정훈의 웃음소리가 명랑하게 울려 퍼졌다.

두 사람은 현 세계에 돌아온 후, 아니, 서로 헤어져 있었던 4년여 동안 어느 누구하고도 이처럼 흉금을 털어놓고 마음껏 웃어본 적이 한 번도 없었다.

현 세계에서의 생활이 팍팍하기도 했지만, 서로의 속마음을 이처럼 알아주는 절친한 벗이 없었기 때문이다.

강도나 정훈은 서로 상대에게 해줄 본론을 갖고 있지만 아직은 그런 딱딱한 얘기를 하고 싶지 않았다.

그렇지만 언제까지나 옛 추억에만 빠져 있을 수는 없는 노릇이다.

쨍!

"자네 요즘 뭐 하고 있나?"

이윽고 정훈이 소주잔을 내밀어 강도 잔에 살짝 부딪치면서 지나가는 말처럼 물어보았다.

강도는 엷은 미소를 지었다.

"열심히 살고 있습니다."

정훈은 매우 조심스러웠다.

본론으로 들어가면 자신과 강도 사이가 어색해질 수도 있다고 염려하기 때문이다.

그렇지만 겉돌 수는 없다.

지금 현안은 삼맹이 어떻게 하면 마계와 요계를 이 땅에서 격퇴시키느냐는 것이다.

그보다 더 큰 일은 없다고 생각하는 정훈이다.

"혹시 삼맹에 소속되었나?"

"그렇지 않습니다."

강도는 솔직하게 대답했다.

그는 마계와 요계를 박멸하는 일을 하고는 있지만 삼맹에
속해 있지는 않다.

정훈의 표정이 진지해졌다.

"자네… 나하고 같이 일해보지 않겠나?"

그는 강도가 얼마나 고강한지, 그리고 얼마나 뛰어난 두뇌
와 풍부한 경험을 지니고 있는지에 대해서 어느 누구보다도
잘 알고 있다.

그렇지만 그가 강도에 대해서 알고 있는 것은 극히 지엽적
인 것에 불과했다.

대화가 이미 본론으로 들어갔기 때문에 강도는 계속 정훈
의 말을 듣고 있을 수가 없게 되었다.

강도는 정훈을 기만하고 싶지 않았다. 계속 모른 체하는 것
은 그를 기만하는 것이다.

탁……

강도는 술잔을 내려놓고 담담하게 정훈을 바라보았다.

"형님."

"내가 무슨 일을 하는지 설명하겠네."

"알고 있습니다."

정훈은 의아한 표정을 지었다.

"안다고?"

"네."

"뭘… 안다는 건가?"

정훈은 강도가 자신에 대해서 뭔가 잘못 알고 있을 거라고 생각했다.

강도는 담담한 표정으로 정훈을 응시했다.

"형님이 범맹 부맹주라는 사실 말입니다."

"……."

정훈의 눈이 커다래졌고 입도 반쯤 벌어졌다.

그가 무슨 일을 하는지에 대해서는 가족조차도 모르고 있는데 그걸 강도가 알았다.

"자… 자네가 그걸 어떻게 알고 있나?"

강도는 직설적인 성격이지만 자신이 절대신군이라고 고백하면 정훈 성격에 필경 기절할 만큼 놀랄 게 분명했다.

"삼맹과 마계, 요계에 대해서 잘 알고 있습니다."

"어어……."

"오늘 범맹 소유의 청평 별장에서 수노와 삼맹 부맹주의 모임이 있었죠?"

정훈은 크게 놀랐다.

"그거까지 알고 있나?"

"저 오늘 거기에 갔었습니다."

"뭐엇?"

정훈은 너무 놀라서 반쯤 일어서서 한동안 강도를 쳐다보
다가 앉았다.

"자네 어떻게 거길 온 건가?"

강도는 빙그레 미소 지었다.

"제가 태청이었습니다."

"……."

정훈이 이번에는 일어서지 않았다.

그렇지만 지독하게 놀라서 눈을 크게 뜨고 말을 잃은 채
멍하니 강도를 쳐다보았다.

정훈의 머릿속에서 아까 현천자의 둘째 제자 태청이 전유
승과 전황, 혜광을 차례로 거꾸러뜨렸던 광경이 차례로 생생
하게 되살아났다.

"자네… 원래 현진자 제자였나?"

정훈은 강도가 무림에서 주유하던 시절을 상기하면서 놀란
얼굴로 물었다.

"아닙니다."

정훈은 손으로 제 가슴을 쿵쿵 쳤다.

"아… 정말 답답해 죽겠네. 속 시원하게 좀 말해보게."

강도는 짧게 말했다.

"제가 절대신군입니다."

"……."

순간 정훈은 그대로 석상처럼 굳어버렸다.

그는 눈도 깜빡거리지 않고 숨도 쉬지 않으면서 커다랗게 뜬 눈으로 강도를 물끄러미 응시했다.

강도는 아무 말도 하지 않고 정훈이 반응을 보일 때까지 기다렸다.

정훈은 한순간 머릿속에서 뇌가 다 빠져나간 것 같은 황폐함을 느꼈다.

아무것도 생각할 수도 없으며 생각나지도 않았다.

한참이 지나서야 마른 모래에 물이 스미듯이 스르르 생각이 돌아왔다.

그의 기억으로는 강도는 절대로 농담 같은 걸 하지 않는다.

그렇다면 조금 전에 한 말은 사실일 것이다.

그 엄청난 사실을 어떻게 받아들여야 하는가는 순전히 정훈의 몫이다.

강도는 혼자 자작하면서 묵묵히 기다렸다.

정훈의 머릿속에서 이것저것 한꺼번에 수많은 추억과 생각들이 떠오르며 교차했다.

과거 무림에서 강도가 말없이 사라졌다가 몇 달 만에 불쑥 나타났다든가, 아니면 그의 대단한 실력에 비해 무림에 이름이 전혀 알려지지 않았던 것들이 이제는 이해가 됐다.

그 당시에 강도는 자신의 별호가 무영검객이라고 했었는데 정훈은 그 당시에도 그리고 그 이후에도 그런 별호는 들어본 적이 없었다.

그런데 이제 보니까 강도는 절대신군으로 활동을 했었던 것이다.

아마도 무림사를 통틀어서 절대신군보다 유명한 별호는 없을 것이다.

"자네… 험!"

한참 만에 정훈은 쩍쩍 갈라지는 목소리로 말하다가 헛기침을 했다.

"정말인가?"

강도가 농담을 하지 않는 성격인 줄 잘 알지만 확인하지 않을 수가 없다.

"그렇습니다."

"음……."

정훈은 확인을 하고 나서도 한참이나 더 정신을 수습했다.

그만큼 충격이 컸던 것이다.

슥—

정훈이 갑자기 일어서더니 옷깃을 여미고 몸가짐을 정갈하게 했다.

강도는 그가 예를 취하려는 것을 알았다.

"앉으십시오."

정훈은 우뚝 서서 조금 당황하는 표정을 지었다.

강도는 그의 감성을 잘 알기에 이 자리에 딱 어울리는 말을 한마디만 했다.

"여긴 사석입니다."

"……."

그리고 덧붙였다.

"지금 저는 형님의 아우입니다."

굳었던 정훈의 얼굴이 서서히 풀어지더니 이윽고 자리에 앉았다.

"휴우… 정말 놀랐네."

정훈은 긴 한숨을 토해냈다.

강도는 정훈의 빈 잔에 소주를 따랐다.

"편하게 얘기하세요."

강도는 소주잔을 들고 내밀었다.

정훈은 강도를 물끄러미 쳐다보느라 잔을 내밀 생각을 하지도 못했다.

강도는 정훈의 생각을 읽지 않았다.

그게 세상에서 가장 좋아하는 형님에 대한 예의일 것 같았기 때문이다.

강도는 자신이 무엇 때문에 표면에 나서지 않는지에 대해서 설명했다.

"자네 얘긴 목소리뿐인 사부가 자넬 조종했다는 건가?"

"그렇습니다."

정훈은 고개를 갸웃거렸다.

"절대신군을 조종하는 존재가 있다는 사실이 나로서는 믿어지지 않는군."

"제가 처음부터 절대신군이었겠습니까?"

정훈은 애매한 표정을 지었다.

"나는 도무지 이해가 되지 않네."

"뭐가 말입니까?"

정훈은 아까하고는 많이 달라진 매우 조심스러운 표정이다.

"절대신군은 절대자가 아닌가?"

"형님도 그렇게 생각하십니까?"

정훈은 고개를 끄떡였다.

"물론이네. 우린 그렇게 배웠어."

"배우다니, 누구한테 뭘 배웠다는 겁니까?"

정훈은 의혹 어린 표정으로 묵묵히 강도를 응시하다가 한참 만에 입을 열었다.

"신군님, 도대체 저한테 왜 이러는 겁니까?"

"형님이야말로 왜 갑자기 이러시는 겁니까?"

강도는 답답했다.

정훈의 표정은 어느 때보다 진지했다.

"당신이 진짜 절대신군이라면 제가 이러는 것 자체가 살아남지 못할 불경입니다."

"형님."

"당신이 이 모든 것을 만든 장본인 아닙니까?"

현천자 구인겸도 그렇게 말했었다.

"목소리뿐인 사부라뇨? 당신이 우리 모두를 조종하시면서 하늘 아래 대체 어느 누가 당신을 조종할 수 있다는 겁니까? 그 말을 누가 믿겠습니까?"

강도는 진지하게 말했다.

"아까 청평에 왔었던 수노가 바로 목소리뿐인 사부였습니다. 그의 모습은 처음 봤지만 목소리가 바로 그였습니다."

정훈은 믿으려고 들지 않았다.

"수노는 당신의 대리인인데 어떻게 당신의 사부일 수가 있겠습니까?"

그는 말이 되는 소리를 하라는 표정을 지었다.

"솔직히 당신이 절대신군이라고 말했을 때부터 저는 갈팡질 팡했습니다. 당신이 절대신군이면서도 저한테 사석에서는 의형제처럼 지내자고 그러셔서 제 딴에는 억지로 그렇게 해봤지만 그건 가식입니다. 당신은 절대로 예전의 잘난 아우가 될 수 없으며 저도 그렇게 대할 수 없습니다."

강도는 착잡한 표정을 지었지만 뭐라고 할 말이 생각나지 않았다.

"수노든 사자(使者)든 다 당신의 수하 아닙니까? 그런데 이제 와서 아무것도 모르는 체하는 이유는 뭡니까?"

구인겸도 강도가 절대자 즉, 신이라고 말했었다.

뿐만 아니라 마계의 영주 페헤르외르데그도 죽기 전에 강도를 현 세계의 이슈텐 즉, 절대자라고 말하면서 자신들의 세계 필드빌라그의 이슈텐과 동격이라고 했었다.

"사자는 뭡니까?"

강도는 '사자'라는 말을 처음 들었다.

"왜 이러십니까? '신의 사자'는 당신이 보내지 않았습니까? 또한 당신의 명령대로 움직이는 거 아닙니까?"

정훈은 강도가 계속 자신을 시험한다고 오해했다.

강도는 이래서는 안 되겠다는 생각이 들어 어쩔 수 없이 자신의 생각을 정훈의 머리에 심어주기로 했다.

정훈의 생각을 읽는 것은 강도 스스로 하지 않아야겠다고 정했지만 지금 같은 상황에서는 강도의 생각을 그에게 심어주는 게 가장 빠른 방법이다.

"……."

정훈은 크게 뜬 눈을 깜빡거리면서 한동안 멍한 얼굴로 가만히 있었다.

정훈이 갑자기 한꺼번에 뇌리로 각인된 새로운 지식을 인식할 동안 강도는 묵묵히 술을 마셨다.

정훈은 5분이 지나서야 물속에 가라앉아 있다가 수면으로 올라온 것처럼 숨을 내쉬었다.

"하아아……."

정훈은 눈을 크게 뜨고 놀라는 얼굴로 강도를 바라보았다.

"어… 떻게 한 겁니까?"

"내 생각의 어느 부분을 형님 뇌리에 심었습니다. 형님의 이해를 돕기 위해서입니다."

"아… 그랬군요."

"다 아셨으면 예전처럼 말 놓으세요."

정훈은 가만히 있다가 고개를 끄떡였다.

"그러겠네."

그는 강도의 빈 잔에 술을 따랐다.

"자넨 절대자이면서도 절대자가 아니로군."

"무슨 말입니까?"

"자네가 절대자가 아니거나 절대자이면서도 그 사실을 자각하지 못한다는 걸세."

정훈이 제대로 짚었다.

둘 중 하나일 것이다.

그렇지만 강도의 생각은, 아니, 믿음은 전자다.

그는 자신이 절대신군이지만 절대자는 아니라고 믿었다.

"사자는 뭡니까?"

"내 머리를 스캔하지 않았나?"

"할 수 있지만 하지 않았습니다."

정훈 입가에 미소가 어렸다.

"자네답군."

정훈은 소주잔을 든 손으로 강도를 가리켰다.

"자네에게 수노가 있듯이 내겐, 아니, 우리에겐 사자가 있었네. 우리라는 것은 부맹주를 비롯한 중요한 인물들이네."

"그럼 사자가 수노 아래겠군요."

"그러겠지."

대답하고 나서 정훈은 고개를 갸웃거렸다.

"그러니까 자넨 자네가 절대자라고 믿는 존재가 모습을 드러내길 기다리고 있는 거로군."

"그렇습니다."

"애매하군."

"뭐가 말입니까?"

"우리 모두는 자네가 절대자라고 믿는데 자네 스스로는 절대자가 아니라고 생각하니까 말이야."

"저는 절대자가 아닙니다. 그냥 군 전역한 지 몇 달 안 되고 다니던 대학에 복학하려고 준비 중인 대한민국의 청년일 뿐입니다."

정훈은 강도를 물끄러미 바라보다가 불쑥 말했다.

"신후께서 오셨네."

"……"

강도는 움찔했다.

"신후가 자네 부인 아닌가?"

"맞습니다. 형님이 그녀를 아십니까?"

"알고 있네. 만나보기도 했어."

"아……"

강도는 갑자기 세상이 환해지는 것을 느꼈다.

"유빈은 어디에 있습니까?"

"서울에 계시네."

"아아… 자세히 설명해 주십시오."

정훈은 소유빈에 대해서 자신이 알고 있는 대로 다 설명해 주었다.

설명을 다 듣고 난 강도는 당장에라도 뛰어나갈 것처럼 조급하게 물었다.

"유빈의 집은 어딥니까?"

정훈은 고개를 가로저었다.

"그건 나도 모르네. 하지만 알아보면 알 수 있네."

"어서 좀 알아보십시오."

정훈이 심각한 표정을 지었다.

"그 전에 자네가 알아야 할 게 있네."

"뭡니까?"

강도는 소유빈이 현 세계 그것도 서울 하늘 아래에 있다는 말에 거의 이성을 잃었다.

그의 트레이드마크 같은 냉철함을 송두리째 잃는 걸 보면 그는 절대자보다는 인간 쪽에 가까웠다.

"사자가 암중에서 신후를 호위하고 있다는 정보가 있네."

강도는 움찔했다.

"사자가?"

그의 직감이 빛났다.

"사자는 호위하는 게 아닙니다. 내가 유빈에게 접근할까 봐 그녀를 감시하고 있는 겁니다."

정훈은 고개를 끄떡였다.

"그럴지도 모르지. 만약 그게 사실이라면 자네가 절대자가 아니라는 뜻이야. 진짜 절대자가 자넬 찾아내려고 그러는 거겠지."

강도는 소유빈을 만나고 싶은 마음이 하늘을 찌를 정도지만 사자가 소유빈을 감시한다는 말에 이성을 되찾았다.

"유빈을 감시하는 사자가 누굽니까?"

"모르네."

"그럼 사자가 유빈을 호위하고 있다는 사실은 어떻게 아셨습니까?"

"주봉이 알려주었네."

"주봉이? 그녀도 왔습니까?"

강도의 심복 수하인 사대천왕 중에 주작단주가 주봉이다.

그녀는 유선의 대사저이기도 하다.

그리고 무엇보다도 중요한 것은 강도와 주봉은 아주 각별하고 친밀한 사이라는 사실이다.

"그렇네. 범맹에 소속되어 있네."

정훈은 진지하게 일러주었다.

"주봉부터 만나보면 방법이 있을 걸세."

"알겠습니다."

정훈은 신중했다.

"지금부터는 자네가 절대자가 아니라고 믿겠네."

강도는 씁쓸한 표정을 지었다.

"제 어디를 봐서 절대자 같습니까?"

정훈의 얼굴에는 웃음기가 없다.

"내가 알기론 가장 절대자에 근접한 인간이 있다면 바로 자네일 걸세."

해군 3,000톤급 호위함인 남해함에 대한민국 최초로 여성 함장으로 임명되어 세간의 뜨거운 관심을 모았던 사람이 바로 해군의 배옥령 중령이다.

그녀는 자신에게 쏟아지는 뜨거운 관심을 뒤로하고 해군에서 전격적으로 전역했다.

매스컴에서 뜨거운 취재 경쟁을 벌이고 있지만 그녀는 자신의 집에서 두문불출하면서 꼼짝도 하지 않았다.

경남 진해에 있던 그녀는 전역 후 서울 집에 올라와서 부모님, 동생들과 함께 지내고 있다.

저녁 식사 후에 이 층 자신의 방에서 컴퓨터를 하고 있던 그녀의 휴대폰이 울렸다.

범맹 부맹주 유성추혼 최정훈의 전화다.

"무슨 일입니까?"

상대가 범맹 부맹주라고는 하지만 그녀의 목소리는 딱딱하고 사무적이다.

그녀는 어느 누구에게도 저자세로 대하지 않는다.

그녀의 삶 전체를 뒤흔들어놓은 단 한 사람, 주군인 절대신군에게만 충성하고 굴신(屈身)할 뿐이다.

─지금 만날 수 있습니까?

주봉 배옥령은 시계를 봤다.

밤 8시 25분이다.

지난번 소유빈을 데리고 범맹에 간 이후 옥령은 범맹에 간 적이 없으며 범맹을 비롯하여 삼맹의 어느 누구하고도 만나거나 연락을 한 적이 없었다.

유성추혼 최정훈은 그녀에게 범맹의 장로를 맡아달라고 부탁했지만 정중하게 거절했었다.

"무슨 일인가요?"

─중요한 일입니다.

최정훈이 중요한 일이라고 하지만 옥령은 그렇게 생각하지 않았다.

삼맹이나 범맹에겐 중요한 일이겠지만 그녀에겐 아니다.

옥령에게 중요한 일은 절대신군에 대한 것뿐이기 때문이다.

"나가고 싶지 않아요."

전형적인 군인답게 그리고 꽤 오랫동안 주군으로 모셨던 절대신군의 칼 같은 성격을 물려받은 그녀는 딱 부러지게 거절했다.

─중요한 일입니다.

"나가지 않겠어요."

최정훈이 중요한 일이라고 거듭 강조했고 옥령은 거듭 거절했다.

옥령은 한 번 결정한 일을 번복하는 일이 거의 없다.

그때 휴대폰의 전음폰 기능이 깜빡거리는 것을 발견했다.

통화를 끊으려던 그녀는 전음폰을 켰다.

이때부터는 입으로 말하지 않아도 전음으로 상대와 대화할 수가 있다.

─이번 한 번만 나오시면 다시는 범맹이 귀찮게 하지 않을 겁니다.

절대신군이 없는 범맹이나 삼맹하고는 진작 관계를 정리하고 싶었던 옥령이다.

─어디로 가면 되죠?

그녀는 최정훈이 약속을 지켜주기를 원했다.

다시는 귀찮게 하지 않겠다는.

옥령은 이동간을 사용하지 않고 버스를 타고 약속 장소인 광화문으로 나갔다.

세종문화회관 뒷길에 늘어선 가게들 중에 어느 선술집이 약속 장소인데 그녀는 10분쯤 늦었다.

땡그랑…….

그녀가 들어서자 문에 부착된 작은 풍경이 맑은 소리를 내면서 울렸다.

각 테이블 사이를 주렴과 망사 같은 것으로 가렸기 때문에 입구 안쪽에 서 있는 옥령은 누가 자기를 기다리고 있는지 확인할 수가 없었다.

최정훈이 밤에 불러낸 것으로도 이미 짜증이 났는데 테이블마다 일일이 들여다보면서 확인을 해야 한다는 사실에 성질이 솟구쳤다.

더구나 입구의 문이 열리면서 종소리가 났으면 자리에 앉아 있다가도 입구 쪽을 보면서 자신이 여기에 앉았다고 손짓이라도 해줘야 하는 게 정상이 아닌가.

그렇지 않아도 나오기 싫은데 억지로 나왔거늘, 옥령은 입술을 살짝 깨물고는 그대로 몸을 돌렸다.

'이걸로 끝이야……!'

딸그랑…….

옥령이 다시 문을 열고 나가고 있는데 누군가의 전음이 그녀의 귓전을 두드렸다.

[성질하고는.]

"……!"

옥령은 걸음을 뚝 멈추고 다급하게 주위를 둘러보았다.

[어딜 봐? 나 안에 있어.]

옥령은 몸을 돌리자마자 엎어질 것처럼 술집 안으로 달려

들어갔다.

'아이고! 이 바보 같은 년이 주군이 계신 기미도 알아채지 못하다니……'

그녀는 입구 안쪽에서 0.5초쯤 서 있는 것 같더니 강도가 앉아 있는 곳을 알아차리고 그대로 돌진했다.

입구에서 가장 먼 창가 구석 자리에 강도가 입구 쪽을 향해서 앉아 손에 술잔을 쥐고 있다.

옥령은 강도를 보자마자 그 자리에 얼어붙더니 왈칵 눈물을 쏟았다.

"주군……."

옥령은 그대로 강도에게 몸을 던졌다.

강도는 술잔을 내려놓고 부드럽게 옥령을 안았다.

"잘 있었어?"

"어디에 계셨어요?"

강도가 사대천왕 중에서 제일 먼저 만난 사람이 주봉 옥령이었다.

그 다음에 나머지 삼대천왕들을 차례로 만났고 그 후에 소유빈을 만났었다.

강도는 소유빈을 만나기 4년 전에 옥령을 만났으며 그녀가 마치 유모나 큰누나처럼 강도를 보필했었다.

그렇기 때문에 무림에서 7년 동안이나 붙어서 지냈던 두 사람 사이는 각별할 수밖에 없다.

"집에 있었지."

강도는 자신의 무릎에 앉은 옥령의 엉덩이를 두드렸다.

"왜 이렇게 무거워졌지? 살쪘어?"

옥령은 얼굴을 붉혔다.

"저더러 무겁다는 사람은 주군뿐이에요."

강도와 옥령은 마주 보고 앉아서 술을 마시며 많은 얘기를 나누었다.

소유빈에 대한 것이 주된 내용이고 그밖에 현 세계가 처한 상황에 대해서도 조금 얘기했다.

소유빈을 감시하고 있는 인물이 누군지는 옥령도 전혀 알지 못한다고 했다.

다만 옥령이 소유빈을 만났을 때 그녀 주위에 누군가 있다는 느낌을 어렴풋이 받았다는 것이다.

옥령은 자신의 직감을 믿었다. 그리고 그녀는 그것이 소유빈을 감시하는 암중인이라고 확신했다.

"유빈 집이 어디야?"

"굴레방다리인데 여기에서 멀지 않아요."

"집 약도를 가르쳐다오."

"제가 안내할게요."

강도가 일어섰다.

"나 혼자 가도 된다."

옥령이 따라 일어섰다.

"도련님."

오랜만에 들어보는 호칭에 강도는 묘한 표정을 지으며 옥령을 쳐다보았다.

강도가 소유빈과 결혼하기 전까지 옥령은 그를 도련님이라고 부르며 아침에 일어나서 밤에 잠자리에 들 때까지 챙겼었다.

강도는 정색을 한 얼굴로 자신을 주시하고 있는 옥령을 보며 어색한 미소를 지었다.

무림에 대해서 아무것도 모르는 그의 곁을 지키면서 하나에서 열까지 다 가르쳐 주고, 또 숱한 외풍(外風)을 막아준 주봉 옥령을 그는 절대로 무시하지 못한다.

더구나 그녀가 '주군'이 아닌 '도련님'이라고 부를 때는 특히 조심해야만 한다.

"이젠 제가 필요 없나요?"

이런 상황에서 강도가 여러 여자들에게 사용했던 방법 즉, 무식하게 그냥 밀고 나가는 것은 옥령에게 절대로 먹히지 않는다.

강도는 상냥한 미소를 지었다.

"그럴 리가 있겠어?"

어설픈 미소를 지었다가는 깐깐한 옥령의 눈을 피해가지 못한다.

목소리뿐인 사부가 강도에게 무공을 가르쳤다면, 옥령은 그가 무림에서 살아남는 방법을 가르쳤었다.

"저는……."

"어서 가자."

옥령의 말이 길어질 것 같아서 강도는 그녀의 손을 덥석 잡고 밖으로 이끌었다.

[저기예요.]

동네로 진입하는 2차선 도로 양쪽에 고만고만한 집들이 줄지어 늘어서 있는데, 옥령은 한곳을 바라보며 전음으로 알려주었다.

강도는 옥령이 바라보고 있는 초라하지만 아담한 만두집을 응시했다.

유리문 밖에 커다란 솥이 2개 걸려 있는데 거기에서 김이 솟고 있었다.

[신후께선 오늘 연주회가 있어서 늦을지도 몰라요.]

[연주회?]

[나중에 신후님 존함으로 검색해 보세요.]

강도는 50m 거리의 만두집 문이 열리고 한 남자가 나오는 것을 발견했다.

마른 체구에 큰 키이며, 안경을 쓴 그의 얼굴을 보는 순간 강도는 그가 유빈의 아버지라고 직감했다.

그런데 유빈 아버지는 오른쪽 다리를 심하게 절룩거리고 있었다.

그가 솥뚜껑을 열자 작은 화산처럼 하얀 김이 무럭무럭 솟구쳤다.

그때 가게 안에서 아담한 체구의 여자가 나와서 들고 있던 빈 접시를 솥 옆에 내려놓자 유빈 아버지가 거기에 뜨거운 찐빵과 만두를 수북하게 담았다.

강도는 나중에 나온 여자가 유빈의 엄마일 거라고 생각했다.

그녀는 대단한 미모를 지녔으며 유빈과 꼭 닮았다.

아마 유빈은 아버지에게서 늘씬한 체격을, 그리고 엄마에게서는 미모를 물려받은 것 같았다.

강도는 자신과 3년 동안 서로 지극히 사랑하면서 부부로 지낸 유빈의 부모를 바라보는 심정이 매우 각별했다.

[감시자는 신후 곁에서 떠나지 않기 때문에 지금은 저기에 없을 거예요.]

옥령이 강도의 시선을 따라 유빈의 부모를 바라보면서 설명했다.

[가보시겠어요? 신후께서 돌아오시면 제가 알려 드릴게요.]

강도는 옥령을 잠깐 쳐다보고는 만두집을 향해 성큼성큼 곧장 걸어갔다.

강도는 유빈의 부모님만 바라보다가 가까이 가서야 만두집 간판이 '유빈만두'인 것을 알게 되었다.

그가 만두집 앞에 이르자 솥뚜껑을 닫고 들어가려던 유빈 아버지가 환하게 미소 지으며 문을 열어주었다.

"어서 와요."

드르륵⋯⋯.

강도가 먼저, 유빈 아버지가 뒤따라 들어가는데 손님 테이블에 만두와 찐빵이 담긴 접시를 내려놓고 돌아서던 유빈 엄마가 강도를 보면서 화사하게 미소 지었다.

"어서 오세요."

방금 전에도 느꼈지만 강도는 유빈 부모님의 미소가 가슴이 따뜻해질 정도로 부드럽고 가식이 없으며 또 유빈의 미소와 아주 많이 닮았다는 사실을 새삼 확인했다.

가게 안은 매우 좁아서 낡은 테이블이 4개뿐이지만 누추하다는 느낌은 전혀 들지 않았다.

오히려 훈훈하고 정감이 넘쳐서 강도는 가슴이 따뜻해졌다.

"뭘 드릴까요?"

유빈 엄마가 주름진 얼굴에 화사한 미소를 지으며 강도에게 물었다.

"찐빵하고 만두……."

강도는 말하면서 메뉴를 보려고 두리번거리다가 한곳에 시선이 뚝 정지했다.

벽에 유빈의 사진이 액자에 담겨서 걸려 있었다.

꽃다발과 무슨 트로피 같은 것을 양손에 쥐고 환하게 미소 지으면서 눈물을 흘리고 있었다.

"우리 딸이에요."

유빈 엄마가 자랑스러운 듯 옆에서 설명하는데도 강도는 유빈의 사진에서 시선을 떼지 못했다.

"예쁘죠?"

강도는 홀린 것처럼 중얼거렸다.

"네. 저렇게 예쁜 사람은 처음 봤습니다."

"어머?"

강도의 대답에 유빈 엄마는 목젖이 보일 정도로 입을 크게 벌리고 까르르 소녀처럼 웃었다.

"차이코프스키 바이올린 콩쿠르에서 우승했을 때 찍은 사진이에요."

"아……."

무엇을 먹을 건지 주문해야 할 사람도, 주문을 받아야 할 사람도 할 일을 잊고 사진을 보며 대화에 열중했다.

한 사람은 딸 자랑을 하느라, 또 한 사람은 아내의 칭찬을 듣느라고 정신이 없다.

"오늘 세종문화회관에서 연주회를 해요."

"그렇습니까?"

강도는 깜짝 놀랐다.

조금 전에 그는 세종문화회관 바로 뒷골목에 있는 선술집에서 옥령을 만났었다.

그때 갑자기 가게 안에 어떤 장중한 선율이 유장하게 흐르기 시작했다.

유빈 엄마가 주방 입구 선반에 놓인 작은 오디오 기기에서 방금 CD를 작동한 유빈 아버지를 바라보면서 설명했다.

"우리 딸이 콩쿠르에서 대상을 받은 곡인데 차이코프스키의 바이올린협주곡 1악장이에요."

유빈이 초등학생이었을 무렵부터 뒷바라지를 해온 엄마는 절반쯤은 음대 교수가 돼 있었다.

음악에 대해서, 특히 클래식에는 까막눈인 강도지만 지금 듣고 있는 이 곡은 마치 천상에서 들려오는 음률 같았다.

유빈이 직접 연주한 곡이기 때문이다.

오케스트라의 연주가 점점 작게 잦아들더니 이윽고 바이올린의 독주가 시작되었다.

바이올린 선율은 계곡의 물이 흐르듯이 고요하게 그러고는 흐느끼듯 격정적으로 변했다.

강도는 자신이 왜 이곳에 들어왔는지조차도 잊고 음악에 깊이 빠져들었다.

유빈 엄마는 강도 옆에 선 채로 유빈 아버지는 주방 입구에 서서 지그시 눈을 감고 음악을 감상했다.

테이블 하나를 차지하고 있는 연인으로 보이는 남녀는 이런 광경이 익숙한지 별로 신경 쓰지 않고 찐빵과 만두를 맛있게 먹고 있다.

결국 유빈 엄마는 1악장을 다 듣고서야 정신을 차리고 강도의 주문을 받았다.

만두와 찐빵은 아주 맛있었다.

유빈의 부모가 만든 것이라서 그럴 수도 있겠지만 강도가 먹고 있는 중에도 손님들이 계속 이어졌으며 그들 대부분 만두와 찐빵을 사가지고 갔다.

모두 동네 사람들이라서 유빈 부모는 그들과 반갑게 인사를 하며 살아가는 얘기들을 나누는 모습이 보기 좋았다.

강도는 한 가지 신경 쓰이는 게 생겼다.

유빈 아버지가 실내를 절뚝거리면서 걸어 다니는 모습이다.

그냥 조금씩 저는 게 아니라 걸을 때마다 몸이 한쪽으로 심하게 기울어질 정도다.

유빈 아버지가 강도 옆을 지나갈 때 그가 불쑥 물었다.

"다치셨습니까?"

에둘러서 말할 줄 모르는 그의 질문은 자칫 유빈 부모를 불쾌하게 만들 수도 있는 상황이다.

그렇지만 유빈 부모는 조금도 불쾌하게 생각하지 않았다.

유빈 아버지는 미소를 지으면서 그냥 지나갔고 유빈 엄마가 미소를 지으며 설명했다.

"저 양반 어렸을 때 소아마비를 앓았어요."

"아……."

강도는 트랜스폰을 조작하여 소아마비에 대한 내용을 띄워서 꼼꼼하게 읽어보았다.

딸깍…….

그는 젓가락을 내려놓고 유빈 아버지를 쳐다보았다.

"아버님, 잠시 이리 와보십시오."

강도는 유빈의 아버지가 자신에게는 장인어른이라서 자연스럽게 아버님이라고 불렀다.

유빈 아버지는 미소를 지으며 절뚝거리면서 다가왔다.

"뭐 더 드릴까요?"

"잠깐 앉아보십시오."

때마침 테이블에 있던 연인 커플이 일어나서 유빈 엄마는 계산을 하고 난 다음에 강도에게 다가왔다.

강도는 의자에 앉은 유빈 아버지 앞에 한쪽 무릎을 꿇고 앉아서 절룩거리는 그의 오른쪽 다리를 이리저리 부드럽게 만져보았다.

의술에도 대단한 조예가 있는 강도는 5분쯤 진단하고는 유빈 아버지를 바라보았다.

"아버님, 저를 한번 믿어보시겠습니까?"

강도가 느닷없이 유빈 아버지의 저는 다리를 어루만지면서 살펴보는 것을 지켜보던 유빈 부모는 긴장한 표정이 역력했다.

"뭘 믿으라는 거요?"

강도는 부드러운 미소를 지었다.

"어쩌면 아버님의 다리를 고칠 수 있을지도 모르겠습니다."

"아……."

"어떻게 그런……."

유빈 부모는 너무 놀라서 말을 잇지 못했다.

만두 먹으러 온 처음 보는 손님이 소아마비로 평생 절뚝거리던 다리를 고쳐주겠다니 유빈 부모는 이 상황을 어떻게 받아들여야 할지 갈피를 잡지 못했다.

강도는 유빈 아버지 맞은편에 단정한 자세로 앉아서 말했다.

"저는 특별한 재주를 갖고 있습니다. 아픈 사람을 잘 고치는 재주입니다."

그래도 유빈 부모는 쉽사리 강도를 믿으려고 하지 않았다.

그것은 유빈 부모가 선한 사람인가 아닌가, 하고는 다른 문제다.

그러면 안 되지만, 강도는 유빈 아버지의 다리를 고쳐주기 위해서 두 사람의 정신을 조금 제압하기로 했다.

유빈 부모는 강도가 앉았던 테이블 맞은편에 나란히 앉아 있고, 강도는 유빈 아버지 앞에 앉아 품속에서 늘 지니고 다니는 일회용 주사기와 정제순혈병을 꺼냈다.

유빈 부모는 기절한 것이 아니다.

두 사람은 갑자기 강도를 믿는 마음이 생겨서 그가 하는 대로 지켜보기로 했다.

강도는 유빈 아버지에게 정제순혈을 주사하고 오른쪽 다리를 추궁과혈 수법으로 부드럽게 마사지해 주었다.

"아아……"

유빈 아버지는 수십 년 동안 죽어 있던 신경이 회복되자 몸을 가늘게 떨면서 나직한 신음을 흘렸다.

강도는 오랫동안 절룩거리면서 걸었기 때문에 휘어지고 또 가늘어진 다리를 주물러서 똑바로 펴주고 피가 잘 통하고 신

진대사가 원활하도록 해주었다.

슥—

강도는 손을 떼고 정제순혈을 안주머니에 집어넣으려다가 멈추었다.

그는 일회용 주사기 새것을 꺼내 거기에 정제순혈을 주입하고는 유빈 엄마의 팔에 놔주었다.

유빈의 부모는 유빈만큼이나 소중한 분들이므로 앞으로 무병장수하시라는 게 강도의 바람이다.

두 사람을 치료하기 전에 강도가 가게 문이 열리지 않도록 하고 커튼을 쳐놨기 때문에 손님은 들어오지 않았다.

"이제 됐습니다."

그는 일어나서 커튼을 젖히고 제자리로 돌아오면서 제압했던 유빈 부모의 정신을 회복시켰다.

"아……."

유빈 부모는 아주 잠시 꿈을 꾸다가 깬 것 같은 표정으로 앉아 있었다.

강도는 테이블로 다가가 엷은 미소를 지었다.

"아버님, 일어나서 걸어보십시오."

두 사람은 깜짝 놀랐다.

"아니… 언제 치료를 한 거요?"

"아아… 여보, 유빈 아빠, 방금 무슨 일이 있었죠?"

강도는 유빈 아버지의 팔을 잡았다.

"일어나서 걸어보십시오."

유빈 부모는 강도가 치료를 했지만 다리를 낫게 하지는 못했을 것이라고 생각했다.

그렇게 5분 만에 뚝딱 간단하게 치료될 병이 아니라고 믿기 때문이다.

그래도 강도가 부축까지 하면서 일으키는 터라서 유빈 아버지는 마지못해 일어났다.

"처음에는 어색할 겁니다. 조심해서 걸어보세요."

유빈 아버지는 강도가 이끄는 대로 아무 생각 없이 걸음을 옮기기 시작했다.

"어이쿠!"

그러나 그는 첫발을 떼자마자 화들짝 놀라서 왼쪽으로 쓰러질 듯 몸이 기울었다.

항상 오른발을 절었기 때문에 당연히 오른발이 아래 푹 꺼질 거라고 생각하면서 발을 내디뎠는데 오른발이 꺼지지 않고 굳건하게 바닥을 디디자 깜짝 놀라 반대쪽으로 기울어진 것이다.

강도는 방금 전에 일어난 상황을 정확하게 간파하고는 친절하게 설명했다.

"아버님의 오른발은 고쳐졌습니다. 언제나 오른발을 절던

습관이 계셨는데 이제는 그럴 필요가 없습니다. 몸을 오른쪽으로 기울이지 마시고 허리를 꼿꼿하게 편 채 걸어보세요."

유빈 아버지는 똑바로 서서 오른발 발바닥으로 바닥을 가만히 디뎌보았다.

"이… 이거 봐… 다리가 살았어……."

그는 죽었던 오른발 발바닥에 바닥이 디뎌지는 게 생생하게 느껴지자 믿을 수 없다는 표정을 지었다.

"다시 걸어보시겠습니까?"

강도의 말에 그는 적잖이 흥분했다.

"그… 러겠습니다……."

유빈 엄마가 두 손을 가슴에 모으고 한껏 기대하는 표정으로 지켜보는 가운데 유빈 아버지는 강도의 부축을 받고 다시 걷기 시작했다.

"아아… 되고 있어… 내가 제대로 걸어……."

유빈 아버지는 다섯 걸음도 되지 않는 실내를 끝까지 걸어갔다가 감격에 겨운 나머지 목소리가 와들와들 떨렸다.

유빈 엄마는 꿈인지 현실인지 분간을 못 하고 그저 눈물만 흘리며 바라보았다.

유빈 아버지는 돌아서서 흥분한 목소리로 강도에게 말했다.

"이번에는 나 혼자 걸어보겠어요."

"그러십시오."

강도는 언제든지 그를 붙잡을 수 있도록 한 걸음 물러나서 지켜보았다.

강도와 유빈 엄마가 지켜보고 있는 가운데 유빈 아버지가 혼자 서서 한동안 심호흡을 하더니 이윽고 첫 걸음을 앞으로 내디뎠다.

"아아……."

오른발에 체중을 실어도 몸이 기울어지지 않았다.

그는 왼발을 내디뎠다가 다시 오른발을 내딛고 거기에 체중을 실었다.

"아이고, 하나님……."

지켜보던 유빈 엄마는 폭풍 같은 눈물을 흘리면서 어쩔 줄을 몰랐다.

"어이구… 아아……."

유빈 아버지는 이상한 소리를 내면서 다섯 걸음을 걷고 나서 다시 돌아섰다.

서 있는 유빈 아버지와 옆에서 그의 팔을 붙잡은 유빈 엄마 둘 다 감격하여 우느라 정신이 없다.

유빈 아버지는 가게 끝까지 한 번 더 걷더니 아예 문을 열고 밖으로 나갔다.

드르르…….

"밖에 나가서 걸어볼 거요."

"어흐흑……! 유빈 아빠, 같이 가요……!"

강도는 주인 없는 가게에 혼자 앉아서 식고 있는 만두와 찐빵을 먹었다.

손님이 왔지만 가게에 주인이 없어서 그냥 돌아갔다.

유빈 부모는 10분쯤 지나서 돌아왔다.

유빈 아버지는 덩실덩실 춤이라도 출 것 같은 표정이고 유빈 엄마는 감개무량해서 여전히 울고 있었다.

두 사람은 만두를 먹고 있는 강도에게 다가와서 기쁨을 감추지 못했다.

"도대체 어떻게 한 거요? 다리병신인 내가 걷게 되다니 믿어지지가 않아요……!"

"아유……! 고마워서 어쩌면 좋아요……! 이 양반 평생소원을 이렇게 풀다니 나는 이제 죽어도 원이 없다오……!"

강도는 빙그레 미소 지으며 빈 접시를 내밀었다.

"만두하고 찐빵이 맛있습니다. 좀 더 주십시오."

강도가 새로 가져온 만두와 찐빵을 절반쯤 먹었을 때 옥령의 전음이 들렸다.

[주군, 신후께서 오고 계십니다. 그만 나오세요.]

그러나 강도는 일어날 생각이 없다.

[암중인을 유인해.]

잠시 침묵이 흐르다가 옥령의 샐쭉한 목소리가 들렸다.

[그럴 줄 알았어요.]

강도 맞은편에 유빈 부모가 앉아서 연신 싱글벙글하며 강도에게 이것저것 물으면서 말을 걸었다.

간단한 대답만 하면서 강도의 온 신경은 등 뒤쪽 입구에 집중되어 있었다.

잠시 후에 가게 밖에 차가 멈추는 소리와 사람들이 차에서 내려 뭔가 대화를 하는 말소리가 들렸다.

그중에서 유빈의 목소리를 알아듣고 강도의 가슴이 세차게 두근거렸다.

차 문 닫는 소리가 들리고 차가 출발한 다음에야 가게 출입문이 열렸다.

"유빈아!"

유빈 부모는 벌떡 일어나서 유빈에게 다가갔다.

유빈은 가게 분위기가 크게 다른 것을 직감했다.

아버지는 환하게 웃고 엄마는 펑펑 울면서 다가오고 있었다.

"엄마, 아빠, 무슨 일 있었어요?"

유빈은 아버지가 절뚝거리지 않고 똑바로 걸어오고 있는 것을 아직 발견하지 못했다.

"유빈아! 아빠 봐라! 아빠 다리가 고쳐졌어⋯⋯!"

엄마는 유빈의 팔을 잡고 비명처럼 외쳤다.

"여보! 유빈이 보는 데서 한번 걸어봐요."

유빈 아버지는 보란 듯이 씩씩하게 가게 안을 성큼성큼 걸어갔다가 다시 유빈에게 걸어왔다.

"아빠⋯⋯."

유빈은 너무 놀라서 말을 잇지 못했다.

유빈 아버지는 유빈 앞까지 걸어갔다가 다시 안쪽으로 당당하게 걸었다.

유빈은 어떻게 된 일인지는 모르지만 아빠가 정상인처럼 걷게 됐다는 사실에 왈칵 울음을 터뜨렸다.

"아빠⋯⋯."

유빈과 엄마는 나란히 서서 유빈 아버지를 바라보며 감격의 눈물을 흘렸다.

"엄마, 이게 어떻게 된 일이야? 아빠가 어떻게 걸을 수 있게 된 거지?"

엄마는 아버지가 멈춰 서 있는 옆에 앉아서 뒷모습을 보이고 있는 강도를 가리키며 울었다.

"저분이 아빠를 고쳐주셨단다⋯ 얼마나 고마운지⋯⋯."

유빈은 그제야 가게 안에 손님이 있다는 사실을 깨달았다.

슥—

그때 강도가 천천히 일어나서 돌아섰다.

강도는 유빈을 바라보면서 부드러운 미소를 지었다.

강도를 발견한 유빈은 너무 놀라서 눈을 커다랗게 뜨고 몸을 후드득 세차게 떨었다.

그러고는 단말마 같은 비명을 지르며 강도에게 달려갔다.

"여보!"

강도가 두 팔을 활짝 벌리자 그녀는 나비처럼 곧장 품으로 뛰어들었다.

두 사람은 서로를 힘차게 부둥켜안았다.

"여보! 보고 싶었어요……!"

"유빈…….."

유빈은 강도 품속에서 몸부림치며 흐느껴 울었다.

난데없이 벌어진 상황에 유빈 부모는 소스라치게 놀랐다.

그도 그럴 것이 유빈이 강도를 '여보'라고 부르면서 울부짖으며 안겼기 때문이다.

'여보'라는 호칭은 부부끼리, 그것도 몇 년에서 몇십 년 같이 산 부부가 자연스럽게 부르는 것이 보통이다.

그렇지만 무림에서는 혼인과 합방을 하면 자연스럽게 부르는 호칭이 '여보'였다.

아버지의 평생 절뚝거리던 다리를 단숨에 고쳐준 낯선 청년

에게 외동딸이 다짜고짜 '여보'라고 울부짖으면서 달려가 안기
자 유빈 부모는 말 그대로 멘붕에 빠졌다.

유빈은 부모가 보고 있다는 사실도 잊었다.

그녀의 눈에는 오직 강도 한 사람만 보일 뿐이다.

자신의 목숨보다 더 사랑했었던 남편 강도를 다시는 못 볼
줄 알았는데 이렇게 느닷없이 눈앞에 불쑥 나타났다는 사실
이 도저히 믿어지지 않았다.

"여보… 정말 당신이 맞나요? 어디 봐요… 내 사랑……."

유빈은 품속에서 두 손으로 강도의 얼굴을 감싸고 쓰다듬
으며 눈물을 흘렸다.

"으흐흑… 여보… 정말 당신이로군요……."

강도는 자신의 기쁨과 감격이 유빈보다 크지 못할 거라고
생각했다.

그것은 유빈의 사랑이 더 크기 때문일 것이다.

강도와 유빈은 자신들의 관계에 대해서 유빈 부모에게 어떻
게 설명해야 좋을지 알지 못했다.

두 사람이 부부였다면, 유빈이 얼마 전까지 영국 왕립음악
학교에서 공부를 하고 있었는데 그때 부부 생활을 했다는 얘
기가 된다.

유빈으로서는 자신이 5년 동안 무림이라는 곳에 가서 강도

와 3년 동안 결혼 생활을 하다가 어느 날 갑자기 현 세계로 왔는데 알고 보니까 현 세계에서는 5분밖에 지나지 않았다는 사실을 부모에게 설명할 방법이 없다.

아버지는 가게 문을 일찍 닫고 테이블에 네 사람이 둘러앉았다.

당연히 강도와 유빈이 나란히 앉고 맞은편에 유빈 부모가 앉았다.

"엄마, 아빠."

유빈은 상황을 설명해야 하는데 어떻게 해야 할지 난감하기 짝이 없었다.

그러면서도 유빈은 강도가 어디 사라지기라도 할 것처럼 그의 팔을 두 팔로 가슴에 꼭 안고 있었다.

"유빈아, 도대체 어떻게 된 일인지 엄마 아빠가 알아듣게 설명해 봐라, 응?"

엄마는 간곡한 표정으로 유빈에게 말했다.

유빈 부모는 갑자기 딸이 아주 낯선 사람처럼 느껴졌다.

유빈은 도움을 바라는 표정으로 강도를 바라보았다.

강도는 상황이 이렇게까지 돼버렸기 때문에 어쩔 수 없다는 생각이다.

몇 마디 말로는 유빈 부모를 이해시킬 수 없으므로 방법은 이제 하나뿐이다.

강도가 일정 부분의 기억을 유빈의 부모와 공유하는 것이다.

즉, 강도와 유빈이 연애와 결혼을 하고 함께 살았던 기억을 두 사람에게 심어주는 것이다.

그렇게 하면 물론 부모는 강도와 유빈의 결혼을 인정하겠지만 많은 의문이 뒤따를 터이다.

그것에 대해서는 유빈이 아니면 강도가 시간을 두고 차근차근 설명해야 한다.

유빈은 부모의 얼굴이 갑자기 멍해지는 것을 발견했다.

그녀가 급히 강도를 쳐다보니까 그는 두 사람을 똑바로 주시하고 있었다.

유빈은 지금 어떤 상황이 벌어지고 있는지 알지 못했지만 강도가 부모님에게 뭔가를 시도하고 있다는 느낌을 받았다.

잠시 후, 강도의 기억이 주입된 엄마가 환한 미소를 지으며 눈물을 글썽거렸다.

"아… 그랬었구나……"

아버지는 미소 지으며 강도를 바라보았다.

"자네가 내 사위일 줄이야……"

강도는 공손히 고개를 숙였다.

"진작 찾아뵈었어야 하는데 죄송합니다."

"너희 두 사람이 3년 동안이나 부부였는데도 우리는 모르고 있었다니……."

유빈은 깜짝 놀라 강도를 쳐다보며 전음으로 물었다.

[어떻게 한 거죠?]

[우리들이 부부가 된 과정의 기억을 두 분께 심어드렸어.]

[아…….]

유빈은 원래 강도가 거의 전지전능하다고 생각하고 있었기 때문에 지금 상황을 그다지 놀라워하지 않았다.

[잘하셨어요.]

유빈은 강도의 팔을 가슴에 꼭 안으며 그의 어깨에 뺨을 기댔다.

그때 옥령의 전음이 들렸다.

[주군, 이 작자를 더 이상 붙잡고 있기가 어려워요. 멀리 유인하려고 하면 자꾸 만두집으로 돌아가거든요? 그러니까 차라리 죽이라든가 제압하라고 명령을 내려주세요. 도망치는 것도 한계예요.]

강도는 잠시 생각하다가 말했다.

[알았어.]

[알았다는 게 뭐죠?]

말과 함께 강도는 전음을 통해서 자신의 정신을 옥령의 머릿속으로 이동시켰다.

옥령은 꼬불꼬불한 언덕길을 경공술을 전개하여 부리나케 도망치고 있는 중이다.

—지금 어떤 상황이냐?

—앗!

강도의 목소리가 아닌 생각이 자신에게 전해지자 옥령은 깜짝 놀랐다.

—뭐죠, 이게?

—내가 옥령에게 들어온 거야.

—네엣?

옥령은 달리다 말고 멈칫했다.

—무… 슨 짓이에요? 저한테 들어와서 뭘 어쩌자는 거죠? 저를 만지나요?

—무슨 소리야? 내 정신만 옥령한테 들어온 거야.

—아……

—암중인이 누구지?

강도의 몸이 통째로 자신의 몸에 들어온 줄 알았던 옥령은 식은땀을 흘렸다.

—모르겠어요.

강도는 암중인이 25m 뒤에서 추격하고 있는 것을 감지했다.

강도는 달리고 있는 옥령을 멈추게 했다.

그의 정신이 옥령의 뇌에 들어가 있으므로 그저 몸에게 멈추라고 지시하면 된다.

옥령은 경공을 멈추며 돌아서고는 깜짝 놀랐다.

자신은 그러려고 하지 않았는데 몸이 저절로 멈추고 돌아섰기 때문이다.

─뭐… 죠?

그녀가 멈칫거리고 있을 때 언덕 중간쯤에서 하나의 검은 물체가 빠른 속도로 쏘아오는 게 보였다.

옥령은 검은 물체 즉, 암중인을 기다리면서 종알거렸다.

─제 몸을 마음대로 하지 마세요.

─대드는 거냐?

옥령은 찔끔했다.

─그게 아니고요…….

강도는 이쪽으로 쏘아오고 있던 암중인이 중간에서 갑자기 오른쪽 골목 안으로 꺾어 들어가는 것을 발견했다.

강도는 암중인의 속셈을 간파했다.

말하자면 유빈에게 접근하는 자를 쫓기는 하되 자신의 모습을 드러내지 않으려는 것이다.

강도는 즉시 자신의 능력을 불러왔다.

─아… 이게 뭐죠?

온몸이 강도의 능력으로 가득 채워지자 옥령은 화들짝 놀라 몸을 떨었다.

스웃—

순간 그녀의 몸이 그 자리에서 연기처럼 사라졌다.

—아아…….

—옥령은 가만히 있어. 지금부터는 나한테 맡겨.

골목 안으로 쏘아 들어간 암중인은 재빨리 허공으로 솟구치려고 했다.

그래야지만 지붕 위에 몸을 감추고 옥령을 감시할 수 있기 때문이다.

그런데 암중인이 허공으로 솟구치려고 하는데 느닷없이 전방에 옥령이 유령처럼 나타났다.

"헛?"

암중인은 움찔하면서 반사적으로 위로 솟구쳤다.

파곽…….

"흑……."

그러나 그는 혈도가 제압되어 솟구치는 동작이 정지된 상태에서 지상으로 추락했다.

턱…….

균형을 잃고 쓰러지려던 암중인의 몸이 저절로 똑바로 세워지더니 등을 벽에 댔다.

그는 45세 정도의 까칠한 수염을 기른 중년인이며 당당한 체격을 지니고 있었다.

강도는 그를 보자마자 누구인지 알아차렸다.

청성파(靑城派)의 제일 젊은 장로인 벽산자(碧山子)다.

구파일방 중에 하나인 청성파의 장로를 강도는 물론 옥령도 한눈에 알아보았다.

"벽산자, 네가 신후를 감시하고 있었느냐?"

강도가 말하기 전에 옥령이 카랑카랑한 목소리로 벽산자를 꾸짖었다.

"주… 봉… 나는……."

초일류급 고수이긴 하지만 주봉 옥령에 비해서는 하수인 벽산자가 그녀를 비로소 알아보고는 크게 당황해서 쩔쩔맸다.

"누가 시켰느냐?"

"……."

옥령의 날카로운 물음에 벽산자는 착잡한 얼굴로 입을 다물었다.

강도는 옥령을 말리지 않고 그녀의 눈을 통해서 벽산자의 머릿속을 스캔했다.

그는 0.5초 만에 벽산자가 알고 있는 사실들을 자기 것으로 만들었으며, 그에게 하나의 명령을 내리고는 제압된 혈도를 풀어주었다.

"네놈이 죽고 싶어서······."

옥령이 다시 다그치는데 갑자기 벽산자가 몸을 휙 돌려 골목 밖으로 달려갔다.

─주군이 저놈을 풀어주셨어요?

─그래.

강도는 벽산자가 원래대로 유빈을 감시하되 강도에 관한 것은 일체 못 본 것으로 하게끔 장치를 해두었다.

그것은 일종의 최면 같은 것이다.

옥령은 강도가 벽산자를 풀어주었을 때에는 그만한 조치를 취했을 것이라고 생각했다.

─주군, 저놈 배후가 누구래요?

옥령이 물었지만 대답이 없다.

그녀는 강도가 제멋대로 자신의 몸속에 들어왔다가 가타부타 말도 없이 사라져 버린 것을 깨달았다.

─하여튼 지 맘대로라니까?

─옥령, 많이 컸다.

─에엣?

옥령은 소스라치게 놀랐다.

─아··· 직 거기 계셨어요?

'거기'라는 건 옥령의 머릿속이다.

─아니, 만두집에 돌아왔다.

─그런데 어떻게…….

옥령의 안색이 빠르게 창백해졌다.

─이게 뭐예요? 설마…….

그녀는 지금 전음을 하는 게 아니라 그저 머릿속으로 생각을 하고 있을 뿐인데도 강도에게 다 읽히고 있었다.

─내 머릿속에 뭔가 심어놓은 건가요?

강도에게선 아무런 대답이 없다.

옥령은 거센 콧김을 뿜어냈다.

─이 양반이 정말…….

만약 강도가 그녀의 뇌리에 뭔가를 심어두었다면 앞으로 그녀의 일거수일투족은 물론이고 그녀가 생각하는 것까지 강도가 자신의 생각처럼 알게 될 것이다.

강도는 만두집의 유빈 옆으로 돌아와 있었다.

그가 벽산자의 머리를 스캔해 보니까 도맹의 장로 중 한 명인 청성파 장문인 백운자(白雲子)가 벽산자에게 유빈을 감시하라고 명령한 사실을 알아냈다.

백운자의 직속상관은 도맹 부맹주 현천자 구인겸이다.

하지만 강도는 구인겸이 그런 명령을 내렸을 것이라고는 생각하지 않았다.

또한 백운자가 신후를 감시하라고 임의로 자신의 사제인 벽산자에게 명령하지는 않았을 것이다.

강도는 백운자 뒤에 수노 즉, 본대비제가 있을 것이라고 추측했다.

그런 식으로 본대비제는 삼맹 곳곳에 자신의 첩자들을 심어두고는 주로 삼맹의 부맹주와 중요한 인물들을 감시하고 있었을 것이다.

강도는 또 한 가지 사실을 깨닫게 되었다.

강도가 누군가의 머릿속에 들어갔다가 나오면 그때부터 그 사람의 생각은 물론이고 그 사람의 눈을 통해서 보고 몸으로 느끼는 것까지도 공유한다는 사실이다.

옥령에게 그런 흔적을 남긴 것은 없애야 하지만 지금 강도는 유빈의 부모를 마주하고 있기 때문에 그럴 겨를이 없었다.

"이 서방, 오늘 자고 갈 텐가?"

아버지가 자상한 미소를 지으면서 물었다.

강도의 팔을 가슴에 꼭 안고 있는 유빈의 두 팔에 힘이 잔뜩 들어갔다.

강도는 아버지를 바라보았다.

"아버님, 약주 하십니까?"

엄마가 손을 휘이휘이 저으면서 말도 말라는 표정을 지었다.

"이 양반 몸이 불편해서 소주 한 상자도 제대로 들지 못하지만 마시는 건 두 상자도 끄떡없다네."

강도는 빙그레 미소 지었다.

"그럼 제가 모시겠습니다. 가시죠."

그가 일어서자 아버지는 반색을 하며 따라 일어섰다.

"이 서방, 오늘 각오해야 할 거야."

제26장
마계의 공격

　강도와 유빈, 그녀의 엄마, 아빠는 큰길에 있는 횟집에 들어
갔다.

　유빈이 강도에게 넌지시 알려주었는데 아빠가 회라면 사족
을 못 쓰신다는 것이다.

　엄마, 아빠는 강도에게서 눈을 떼지 못했다.

　두 사람은 강도가 보면 볼수록 마음에 쏙 들었다.

　얼굴이면 얼굴, 체격이면 체격, 성격까지도 어디 하나 흠 잡
을 데가 없었다.

　더구나 강도가 평생 소아마비 불구로 살아온 아빠의 다리

를 고쳐주었으니 사윗감으로는 100점, 아니, 만점짜리다.

"그런데 내 다리를 어떻게 고친 건가?"

아빠는 그게 신기할 따름이다.

강도는 빙그레 미소를 지었다.

"아버님 오른쪽 다리의 죽은 신경을 되살렸습니다."

"그게 어떻게 가능한 거지?"

"제가 특수한 수법을 썼고, 또 좋은 약을 썼습니다."

"아까 나한테 놔준 주사 말인가?"

"그렇습니다."

이번에는 엄마가 궁금한 얼굴로 물었다.

"나한테도 주사를 놔줬잖아. 그것도 같은 거야?"

"그렇습니다."

"나한테는 왜 주사를 놔주었지?"

"어머님 평소에 아픈 곳이 없었습니까?"

엄마는 손을 내저었다.

"아유! 말도 말게. 아픈 데가 왜 없겠어? 이 나이가 되면 관절염으로 허리하고 무릎이 끊어질 것처럼 아프고 갱년기 때문에 밤에 잠을 못 잘 지경이야."

"오늘부터는 편하게 주무실 겁니다."

"어째서 그렇지? 그 주사 때문이야?"

"그렇습니다."

강도는 손을 내밀었다.

"어머님, 손을 내밀어보십시오."

강도는 엄마가 내민 손을 잡고 부드러운 진기를 주입해서 그녀의 체내에서 정제순혈이 골고루 퍼지게 했다.

"아아……"

엄마는 몽롱한 표정으로 나직한 신음 소리를 냈다.

정제순혈이 온몸으로 퍼지면 평생 한 번도 경험한 적이 없는 상쾌함이 엄습한다.

강도는 30초 후에 손을 뗐다.

"됐습니다."

"아… 정말 기분이 좋아. 날아갈 것 같아."

"이제 어머님께선 무병장수하실 겁니다."

"정말?"

엄마는 소녀처럼 놀라는 표정을 지었다.

"일어나셔서 확인해 보십시오. 아픈 데가 사라졌을 겁니다."

엄마는 일어나서 체조를 하듯이 팔다리를 흔들고 몸을 움직여 보고는 이리저리 걸어 다녔다.

그녀는 믿을 수 없다는 표정을 지으며 손으로 허리를 만지면서 돌아왔다.

"아아… 정말이야. 허리랑 무릎이 하나도 아프지 않아……!"

엄마가 자리에 앉자 유빈이 사랑이 듬뿍 담긴 눈빛으로 강도를 바라보면서 물었다.

"엄마가 무병장수하신다고 말했잖아요? 그럼 엄마는 몇 세까지 장수하실까요?"

"글쎄, 내 생각에는 150세까진 잔병치레 전혀 없이 사실 거 같아."

"150살……."

"아이고머니……."

유빈과 엄마 아빠는 모두 기절초풍할 것처럼 놀랐다.

강도는 아빠를 바라보았다.

"아버님도 어머님처럼 무병장수하실 겁니다."

"여보……."

엄마는 아빠의 팔을 잡고 눈물을 글썽였다.

아빠는 진심 어린 표정으로 강도를 바라보았다.

"우리가 사위를 얻은 게 아니라 은인을 맞이했어. 자네에게 뭐라고 감사해야 할지 모르겠네."

아빠는 깊이 고개를 숙였다.

"정말 고맙네."

그러자 엄마도 덩달아서 고개를 숙였다.

강도는 당황해서 어쩔 줄 몰랐다.

"두 분 이러지 마십시오."

강도는 한 팔로 유빈의 어깨를 감쌌다.

"이렇게 훌륭한 따님을 제게 주셨는데 저는 그 보답을 백분의 일도 하지 못했습니다."

유빈은 너무나 행복해서 눈물을 글썽거렸다.

그때 입구로 옥령이 들어오더니 신발을 벗고 방으로 올라와 강도네 테이블로 왔다

유빈은 옥령을 보고 반가운 표정을 지었다.

"어서 오세요."

강도의 부름을 받고 온 옥령은 강도와 유빈, 그리고 엄마, 아빠의 옆쪽에 무릎을 꿇고 앉았다.

"편하게 앉으세요."

"괜찮습니다."

유빈이 말했지만 옥령은 꼼짝도 하지 않았다.

강도가 옥령을 부른 이유는 그녀 혼자 바깥에 놔둔 게 마음에 걸렸기 때문이다.

유빈을 감시하고 있는 벽산자는 강도가 조치를 취해두었기 때문에 염려할 게 없다.

엄마와 아빠는 매우 아름답고 다부진 용모의 옥령을 보고는 강도와 유빈에게 물었다.

"누구신가?"

"이분은……."

유빈이 대답하려는데 옥령이 엄마와 아빠에게 정중히 고개

를 숙였다.

"처음 뵙겠습니다. 배옥령입니다."

"아… 네."

엄마와 아빠도 마주 고개를 숙였다.

"저는 두 분의 부하입니다."

강도가 옥령을 일행이라고 소개하려는데 그녀가 먼저 선수를 쳤다.

"부하라면……."

강도가 얼른 수습했다.

"저희 회사의 직원입니다."

옥령이 냉큼 말을 받았다.

"그렇습니다. 저는 사장님 비서입니다."

엄마와 아빠는 강도가 사장님이라는 말에 크게 놀랐다.

횟집 종업원이 옥령 앞에 수저를 놓는 걸 보고 강도가 말했다.

"식사해요."

옥령이 엇나갔다.

"사장님, 평소처럼 대하세요. 저에게 존대를 하시니까 어색합니다."

옥령은 아까 강도가 그녀의 머릿속에 들어갔던 것과 흔적을 남긴 것에 대해서 토라진 게 분명하다.

"저희 사장님으로 말씀드릴 것 같으면……."

"옥령, 조용하고 어서 먹어."

"넵!"

강도가 엄한 표정을 짓자 그제야 옥령은 입을 다물었다.

술이 거나하게 취한 아빠를 강도가 부축하고 만두집으로 돌아왔다.

만두집은 아래층이 가게이고 위층이 살림집인데 안방과 주방 겸 거실, 그리고 유빈의 방이 전부다.

옥령은 가게 의자에 앉았다.

"기다릴게요."

취한 아빠가 껄껄 웃었다.

"이 서방은 우리 집에서 자고 갈 거요!"

"기다리죠, 뭐."

옥령은 태연하게 말하더니 강도와 유빈에게 전음을 보냈다.

[여긴 방음이 되지 않았으니까 신군성에서처럼 난리법석 피우지 마시고 살살 하세요.]

유빈은 부끄러워서 얼굴이 빨개졌다.

신군성에서는 강도와 유빈이 섹스를 하면 두 사람을 호위하는 주작단 여고수들이나 시중을 드는 하녀들이 죄다 알 정도로 요란했었다.

그런 탓에 옥령은 강도와 유빈이 사랑을 나누는 소리를 실 컷 들었었다.

강도는 유빈 부모의 혼혈을 제압했다.

유빈은 그가 무엇을 하려는지 궁금했지만 묻지 않았다.

그를 믿기 때문이다.

"부모님을 마계와 요계로부터 보호하려면 일신결계를 쳐야 만 해. 유빈이 좀 도와줘."

강도는 유빈이 궁금하지 않도록 설명했다.

"일신결계를 치면 부모님이 안전한가요?"

"안전해."

강도는 엄마를 안고 침대에 눕혔다.

"어머님 옷을 벗겨."

"다 벗기나요?"

"그래."

유빈은 왜 그러느냐고 묻지도 않고 엄마를 브래지어와 팬티 까지 다 벗겨서 알몸으로 만들었다.

강도는 엄마에게 일신결계를 치면서 말해주었다.

"우리 엄마하고 여동생도 이렇게 일신결계를 쳐줬어."

그러고 보니까 강도에게 가족에 대해서 듣는 건 처음인 유 빈이 부쩍 호기심을 보였다.

"어머님과 여동생이 계셨어요?"

"그래. 부천에 살아."

"뵙고 싶어요."

"이따 뵈러가자."

"정말요?"

"그래."

강도는 유빈 부모님에게 일신결계를 쳐주고는 유빈을 데리고 이동간으로 부천에 갔다.

"여기가 당신 집이에요?"

아파트 문 앞에서 유빈은 긴장된 표정을 지었다.

"저 어때요?"

그녀는 세종문화회관에서 연주회를 하고 집에 돌아온 그대로의 모습이다.

"예뻐."

"어머님이랑 아가씨 마음에 안 들면 어쩌죠?"

강도는 유빈의 머리를 쓰다듬었다.

"절대 그럴 리 없어."

강도가 벨을 누르자 잠옷 차림의 강주와 얏코가 나란히 달려 나왔다.

두 여자는 벌써 친해졌는지 현관으로 오는 동안에도 수다를 떨면서 깔깔거렸다.

　그녀들은 누구냐고 묻지도 않고 현관문을 벌컥 열었다.

　올 사람이 강도뿐이라고 여긴 모양이다.

　"오빠!"

　강주와 얏코는 강도를 먼저 발견하고 반갑게 외쳤다.

　그러고는 강도 뒤에 다소곳이 서 있는 유빈을 한 박자 늦게 발견하고는 둘 다 얼어붙었다.

　유빈이 너무도 아름다운 자태로 서 있었기 때문이다.

　강주가 멍한 얼굴로 물었다.

　"누… 구셔?"

　강도는 빙그레 웃었다.

　"네 언니다."

　"언니?"

　강주는 눈을 크게 뜨고 깜빡거리면서 유빈을 빤히 바라보며 중얼거렸다.

　"근데 무지하게 예쁘다……."

　안쪽에서 엄마 목소리가 들렸다.

　"강주야! 누구 왔니?"

　"오빠 왔어!"

　강도는 유빈을 안으로 이끌었다.

　"들어가자."

"네."

강주와 얏코는 유빈 양옆에서 걸으며 그녀에게서 시선을 떼지 못했다.

강도는 유빈을 주방 입구에 세우고 주방에 있는 엄마를 불렀다.

"엄마, 잠깐 나와보세요."

"강도 왔구나."

엄마는 행주치마에 젖은 손을 닦으면서 나오다가 강도 옆에 서 있는 유빈을 발견하고는 눈을 휘둥그렇게 떴다.

"에구머니……."

강주는 엄마가 왜 놀라는지 짐작하고 옆에 서서 같이 유빈을 바라보았다.

"엄마, 정말 예쁘지?"

"저 아가씨 사람이니?"

"오빠가 그러는데 저분이 내 언니래. 그게 무슨 뜻이야?"

엄마는 깜짝 놀라서 강도를 쳐다보았다.

"강도야."

강도는 멋쩍게 웃으며 유빈에게 말했다.

"엄마야, 인사드려."

유빈은 우아하게 고개를 숙였다.

"소유빈이에요. 만나 뵈어서 반가워요."

엄마와 강주, 얏코는 유빈의 아름다운 외모와 뛰어난 자태, 우아함에 넋을 빼앗겼다.

엄마는 유빈이 강도의 애인이라는 것을 직감했다.

"누구시냐?"

강도는 어떻게 설명해야 하는지 조금 망설이다가 그냥 솔직하게 말했다.

"사실 우리 결혼했어요."

"뭐어?"

엄마와 강주는 너무 놀라서 입을 다물지 못했다.

강도는 어쩔 수 없이 유빈의 부모님에게 했던 것처럼 엄마와 강주, 얏코에게도 약간의 기억을 심어주었다.

엄마와 강주, 얏코는 몇 초 동안 몽롱한 표정을 짓고 있다가 꼬집힌 것처럼 퍼뜩 정신을 차렸다.

"아……."

엄마와 강주, 얏코는 복잡하면서도 새삼스러운 표정으로 유빈을 바라보았다.

엄마가 먼저 손을 내밀어 유빈의 두 손을 잡고는 환하게 미소 지었다.

"어서 와요."

강도네 가족과 유빈, 얏코가 거실 테이블에 둘러앉아서 과

일을 먹으면서 대화를 나누고 있는데 커놓은 TV에서 마침 유
빈에 대해서 나오고 있다.

대형 TV 화면에는 유빈이 무대에서 오케스트라와 협연하며
맨 앞에서 열정적으로 바이올린을 연주하는 모습이 나오고
웅장한 클래식 음악이 흘러나왔다.

"엄마! 저기 봐!"

강주가 무심코 TV를 보다가 갑자기 총 맞은 것처럼 비명을
질렀다.

엄마와 강주, 얏코는 TV 화면의 유빈과 실제 유빈을 번갈아
보면서 너무 놀라 정신을 차리지 못했다.

"오빠, 저 사람이 언니야?"

강주는 TV 속의 유빈과 자기 앞에 다소곳이 앉아 있는 유
빈을 번갈아 가리켰다.

"그래."

"맙소사……."

강주가 엄마 팔을 두드리면서 소리쳤다.

"엄마! 이 언니 무지하게 유명한 사람이야!"

"그런 것 같구나."

강도는 슬그머니 일어나서 자신의 방에 들어갔다.

만두집에 두고 온 옥령 때문이다.

─옥령, 이상한 상상 하지 마라.

―앗!

옥령은 화들짝 놀랐다.

그녀는 어째서 이 층이 조용한 것인지 궁금하게 여기면서 어쩌면 지금쯤 강도와 유빈이 섹스를 할지 모른다고 짐작하며 자신도 모르게 묘한 상상을 하고 있었다.

그런데 그 상상이 고스란히 강도에게 전해진 것이다.

―주군! 무슨 짓을 한 거예요?

옥령은 전음으로 빽 소리쳤다.

강도와 유빈은 침대에 누웠다.

두 사람이 떨어져 있던 시간은 실제로는 오래지 않았지만 체감하기에는 몇십 년은 된 것 같았다.

"아… 얼마나 그리웠는지 몰라요."

유빈은 갓 잡은 은어처럼 싱싱한 육체를 강도의 품에 안긴 채 그에게 입술을 비비며 속삭였다.

강도는 그녀를 마주 안고 두 손으로 가슴과 엉덩이를 쓰다듬으며 짓궂은 미소를 지었다.

"어떤 게 그리웠다는 거지? 나? 아니면 유빈이 지금 만지고 있는 거?"

유빈은 손을 아래로 뻗어 강도의 무엇을 부드럽게 쓰다듬고 있었다.

그녀는 얼굴을 붉히며 강도의 입을 벌리고 혀를 빨았다.

"음… 둘 다……."

유빈은 더없이 순진하고 청순하지만 섹스를 할 때만큼은 요부가 된다.

그녀는 꿈틀거리면서 강도의 몸 위로 올라왔다.

"저를 외롭게 만들었으니까 혼나야 돼요."

"어떻게 혼낼 건데?"

"가만히 계세요. 제가 당신을 잡아먹을 테니까……."

잠시 침묵이 흐르다가 갑자기 유빈이 신음 소리를 냈다.

"아아……."

그녀는 강도의 몸 위에 앉은 자세로 얼굴을 잔뜩 찌푸렸다.

"아아… 당신… 것이 너무 커졌어요… 무슨 일 있었어요……?"

그녀가 손으로 만질 때는 제대로 느끼지 못했는데 몸은 정확하게 기억을 하고 있었다.

강도는 요족 455개의 외카다무를 복용하고 나서 정신과 신체에 여러 가지 변화가 있었는데 그의 남성이 크고 튼튼해진 것도 그중에 하나다.

강도는 그녀의 엉덩이를 쓰다듬었다.

"예전 크기로 환원할까?"

"그러기만 해봐요?"

그때부터 유빈은 자신이 말한 대로 강도를 밤새도록 혼내주었다.

국내 재계 3위 엔젤그룹 대회의실.

길쭉한 타원형의 테이블에 20여 명의 양복을 입은 남자들이 앉아 있다.

그들 중에는 엔젤그룹의 젊은 총수인 윤종찬도 있는데 상석이 아닌 중간쯤에 앉아 있다.

상석은 비어 있으며 20여 명은 매우 긴장한 표정으로 누군가를 기다리고 있는 모습이다.

덜컥…….

그때 문이 활짝 열리고 한 명의 사내가 먼저 들어와서 문 옆에 우뚝 서자 위아래 회색의 깔끔한 슈트 차림의 젊은 사내가 성큼성큼 걸어 들어왔다.

그는 전형적인 북유럽 인종으로 코발트색 눈과 색칠한 것 같은 노랑머리, 그리고 분칠을 한 것 같은 흰 피부의 소유자였다.

문이 열리는 것과 동시에 실내에 있던 20여 명이 일제히 자리에서 일어섰다.

저벅저벅…….

다리가 긴 노랑머리는 당연하다는 듯 상석에 앉았다.

그는 서 있는 사람들을 둘러보면서 입을 약간 벙긋거렸는데 말소리는 들리지 않았다.

그런데도 6명을 제외한 모든 사람이 자리에 앉았다.

한쪽에 나란히 서 있는 6명은 두리번거리면서 눈치를 보다가 쭈뼛거리며 앉았다.

문을 열어준 사내는 노랑머리 뒤에 우뚝 섰다.

그는 새카만 정장을 입었으며 동양과 서양의 혼혈 같았는데 아름다운 여자보다도 더 아름다운 용모를 지녔다.

노랑머리는 조금 전에 서 있던 6명을 보면서 뭐라고 말했다.

그렇지만 6명으로서는 한 번도 들어본 적이 없는 언어다.

노랑머리 뒤에 서 있는 아름다운 청년이 한국어로 말했다.

"방금 하롬(Három)께서 말씀하신 언어는 현재의 헝가리어와 흡사한데 너희 6명은 알아듣느냐고 물으셨다."

어디로 보나 한국인으로 보이는 6명은 헝가리어를 알아듣지 못하는 것이 죽을죄라도 되는 듯한 표정으로 급히 일어나서 허리를 굽혔다.

"죄송합니다. 저희는 알아듣지 못합니다."

아름다운 청년이 노랑머리 즉, 하롬에게 헝가리어로 뭐라고 말하자 그는 익숙한 솜씨로 자신의 앞에 놓인 노트북을 다루어 한글에 관한 체계를 띄웠다.

화면에는 한글에 관한 설명이 빠르게 아래에서 위로 주르르 올라오고 있다.

하롬이 그걸 보고 있는 동안 아름다운 청년이 말했다.

"이분은 하롬키치키라이우르이시다. 세 분의 키치키라이우르 중에 하롬 즉, 세 번째이신데 우린 하롬우르라고 부른다."

인간들이 마계라 부르고 마계 스스로는 푈드빌라그라고 하는 지하 세계의 국왕이 바로 키라이우르다.

'키라이'가 군주 혹은 국왕이라는 뜻이고 '우르'는 존칭이며 한국어로는 '님'에 해당한다.

푈드빌라그의 실질적인 통치자인 너지(大)키라이우르에겐 세 명의 자식이 있으며 그들을 키치(小)키라이우르라고 하는데 여기에 있는 하롬은 막내아들이다.

"너희는 하롬우르를 직접 뵈었으니 영광으로 알아라."

이곳 회의실에는 이들 6명의 한국인을 제외하면 모두 푈드빌라그의 엠베르 즉, 마족들이다.

아름다운 청년이 자기소개를 했다.

"내 계급은 질코스이며 이름은 아르네크(árnyék:그림자), 하롬우르의 수행원이다."

마계는 8개의 계급이 있지만 질코스는 별정직으로 킬러나 수행원의 특정 임무를 위하여 존재한다.

탁!

그때 하롬이 노트북을 덮고 좌중을 둘러보았다.

"이제부터 한국어로 말하겠다."

그는 조금 어눌하지만 거의 완벽한 한국어를 구사했다.

6명의 한국인 즉, 이곳 엔젤그룹 회장인 윤종찬을 비롯한 국내 굴지의 대기업 회장과 대표들은 하롬이 조금 전까지만 해도 전혀 하지 못했던 한국어를 불과 5분 만에 능숙하게 한다는 사실에 경악하고 말았다.

하롬은 자신의 좌우에 앉은 두 명을 둘러보았다.

"페헤르외르데그 티젠허트(Tizenhat:16)를 죽인 자에 대해서 알아냈느냐?"

두 명은 움찔 몸을 떨더니 이마가 테이블에 닿을 정도로 깊이 숙였다.

"죄송합니다. 알아내지 못했습니다."

하롬은 고개를 끄떡였다.

"너희 둘은 이 나라에 온 지 하루밖에 안 됐으므로 그걸 알아내는 것은 무리였을 것이다."

하롬은 자신이 직접 대한민국에 오기 하루 전에 이들 두 명의 페헤르외르데그를 먼저 보냈다.

한 명은 뇰처시(Nyolcas:8) 페헤르외르데그이고 또 한 명은 외트벤(ötven:50) 페헤르외르데그이다.

페헤르외르데그의 이름은 따로 있지만 통상적으로 자신이 지배하는 영지의 번호로 불린다.

하롬이 모두를 둘러보면서 말했다.

"나는 티젠허트와 그의 부하들을 죽인 자에게 복수하려고 이 나라에 온 것이 아니다."

모두 조용히 하롬의 말을 들었다.

"우리는 현재 전 세계에서 10개가 넘는 나라들을 장악했지만 그것들은 변방에 불과할 뿐이다. 중심이 아냐. 거기에는 우리 민족 10%도 살지 못한다."

그는 손가락 세 개를 펼쳐보였다.

"유럽에서는 프랑스, 아시아에서는 한국, 미주에서는 미국을 반드시 손에 넣어야만 한다."

그는 탐스러운 노랑머리를 쓸어 넘겼다.

"국왕 폐하께서는 내게 한국을 맡기셨다. 지정학적인 이유 때문에 우리 푈드빌라그는 한국을 손에 넣어야지만 중국과 일본, 더 나아가 아시아를 차례로 장악할 수 있다."

하롬은 양옆에 앉은 페헤르외르데그를 손가락으로 가리켰다.

"너희 둘, 내일까지 한국을 송두리째 장악할 방법을 3개씩 갖고 와라."

두 명의 페헤르외르데그 놀처시와 외트벤은 움찔 놀라는 표정을 지었다.

한국을 송두리째 장악할 방법을 하나도 아니고 3개씩이나 갖고 오란다.

"알겠습니다."

그러나 눌처시와 외트벤은 즉시 고개를 숙였다.

하롬은 일어나서 6명의 한국인들을 쳐다보았다.

"누가 리더냐?"

엔젤그룹 34살의 젊은 총수 윤종찬이 고개를 숙였다.

"접니다."

하롬은 문으로 걸어갔다.

"따라와라."

강도는 서울 고급 한식당 2층에서 불맹의 장로 중에 우두머리인 무로 혜광을 만났다.

척!

혜광은 혼자 앉아 있다가 문이 열리자 급히 쳐다보았다.

그러고는 들어서는 사람이 간편한 재킷 차림의 강도인 것을 발견하고는 놀라서 벌떡 일어섰다.

"주군!"

강도는 혼자 들어와서 테이블로 걸어왔다.

혜광은 감격 어린 표정을 감추지 못했다.

"정녕 주군이십니까……?"

강도는 자리에 앉아서 혜광을 쳐다보았다.

"어제 보고서 왜 그러나?"

혜광은 어제 청평에서 보였던 추태 때문에 얼굴이 확 달아올랐다.

강도가 턱짓을 하자 혜광은 조심스럽게 맞은편 자리에 앉아서 죄스러운 표정을 지었다.

"설마 했는데 정말 주군이시라니 감개무량합니다."

강도는 거두절미하고 본론으로 들어갔다.

"자네, 내가 수노의 상전이라고 생각하나?"

혜광은 정색을 하더니 고개를 끄떡였다.

"그렇습니다."

"어째서 그렇게 생각하지?"

강도는 거기에 대해서 깊이 생각해 봤고 또 구인겸과 최정훈의 의견도 들어봤지만 아무런 단서를 얻지 못했다.

강도는 수노가 목소리뿐인 사부라는 것을 어제 확인했다.

그런데 다들 강도가 수노의 상전이라고 믿고 있으니 이런 모순이 어디에 있겠는가.

그가 자신의 호칭이 본대비제라고 직접 말했지만 수노든 본대비제든 그런 건 중요하지 않다.

"저는 수노의 실제 능력을 본 적이 없습니다. 능력 없는 절대자란 있을 수 없습니다."

"실제 능력?"

"그렇습니다. 어제까지 수노를 세 번 봤지만 볼 때마다 모습이 달랐으며 그가 실력을 발휘하는 모습은 한 번도 본 적이 없었습니다."

"그런가?"

강도의 뇌리에 뭔가 아지랑이처럼 피어올랐다.

구인겸과 최정훈이 해주지 않았던 말을 혜광이 해주고 있으며 그것은 매우 중요한 내용이다.

"수노가 자네에게 무공을 가르쳤나?"

"그렇습니다. 그가 제 사부 노릇을 했었는데 나중에 알고 보니까 수노였습니다."

혜광이 덧붙였다.

"저뿐만 아니라 현 세계에서 무림에 불려간 중요한 사람들은 아마 거의 수노에게 무공을 배웠을 겁니다."

강도는 깊이 생각에 잠긴 모습으로 물었다.

"자넨 수노를 세 번 봤다고 했는데 그게 언제였지?"

"세 번 다 현 세계에 돌아온 이후입니다."

"무림에서는 본 적 없나?"

"그렇습니다. 그때는 사부님께 무공을 배웠는데 나중에 알고 보니까 사부님이 수노였다고 하더군요."

그렇다면 수노는 강도를 비롯한 중요 인물들을 거의 대부분 가르쳤다는 얘기다.

'그런데도 혜광이 수노의 실력을 한 번도 본 적이 없다는 것은 뭔가?'

강도는 조금 어이없는 표정을 지었다.

'나한테는 목소리만 들려주었고 다른 사람들에겐 사부 모습으로 나타났다고 하니 대체 왜 그래야만 한 건가?'

고개가 저절로 갸웃거려졌다.

'유령이라는 말인가?'

그러다가 움찔했다.

'유령?'

강도의 얼굴이 돌덩이처럼 굳어졌다.

그는 어젯밤에 자신이 주봉 옥령의 머릿속에 들어갔다가 능력까지 끌어와서 옥령의 몸을 제 몸처럼 이용해서 벽산자를 제압했던 일을 떠올렸다.

수노도 그런 식이었을지 모른다.

그런데 능력을 사용한 적은 없다고 한다.

수노가 능력을 사용하지 못하는 것인지, 아니면 능력을 사용하는데 그걸 본 사람이 없는 것인지는 모르겠다.

그렇지만 그가 능력을 사용하는 걸 아무도 본 사람이 없다면 전자일 가능성이 크다.

그때 강도에게 전음이 들려왔다.

[주군, 천비였습니다.]

질풍대 벽운이다.

[어디에 있느냐?]

[주군께서 계신 옆방에 있습니다.]

[끌고 와라.]

[명을 받듭니다.]

도맹의 수노 끄나풀은 청성파 장문인 백운자였다.

수노의 명령을 받은 백운자가 사제인 벽산자를 시켜서 유빈을 감시하고 있었다.

그렇다면 불맹이나 범맹에도 수노의 끄나풀이 있을 거라고 생각했다.

그래서 강도는 이곳에서 만나기로 한 혜광을 누군가 미행했을 것이라고 짐작했는데 그게 맞아떨어졌다.

불맹삼로 중에 하나인 개방주 천비가 바로 옆방에 있다는 것이다.

혜광은 강도가 아무 말이 없자 조심스럽게 그의 모습을 살펴보았다.

그런데 그때 옆방에서 약하게 우당탕거리는 소리와 묵직한 신음 소리가 들렸다.

"윽……."

혜광이 깜짝 놀라서 일어서려고 하자 강도가 말했다.

"앉아 있게."

혜광이 의아한 얼굴로 앉아 있는데 잠시 후에 문이 열리고 벽운이 천비를 어깨에 들쳐 메고 들어왔다.

벽운은 문을 닫고 천비를 바닥에 내려놓았다.

쿵!

혜광은 혈도가 제압되어 바닥에 누워 있는 천비를 놀라는 얼굴로 쳐다보았다.

"주군, 어째서 혐로를……."

강도는 혜광의 말을 묵살하고 천비에게 물으면서 아혈을 풀어주었다.

"천비, 혜광을 감시하라고 수노가 시키더냐?"

혜광과 천비가 동시에 놀랐다.

"혐로가……."

혜광은 너무 놀라서 말을 잇지 못했다.

절친한 사이인 혐로 천비가 자신을 감시했다는 말에 커다란 충격을 받았다.

불맹에 수노의 첩자가 있을 거라는 생각은 하고 있었지만 설마 천비일 줄은 꿈에도 몰랐었다.

그래서 강도가 잘못 짚었을 것이라는 생각마저 들었다.

강도는 천비가 순순히 실토할 거라는 생각은 하지 않았기 때문에 그의 정신을 제압하고는 마혈까지 풀어주었다.

"천비, 일어나서 자리에 앉아라."

"네, 주군."

천비는 부스스 일어나서 강도에게 깊숙이 허리를 굽히고는 혜광 옆에 단정하게 앉았다.

수양이 깊은 혜광이지만 지금 일어나고 있는 상황 때문에 정신이 하나도 없다.

천비가 수노의 끄나풀이라는 것도 그렇고 갑자기 천비가 고분고분해진 모습도 놀라울 뿐이다.

강도는 천비를 주시하며 물었다.

"불맹에서는 네가 감시자들의 우두머리냐?"

"그렇습니다."

"누굴 감시하느냐?"

"혜광을 비롯한 장로들과 부맹주입니다."

"감시하는 목적이 무엇이냐?"

"신군님과 접촉하는지를 감시하는 것입니다."

강도는 중요한 것을 질문했다.

"수노가 너를 어떻게 했느냐?"

천비는 얼굴을 찌푸린 채 아무 말도 하지 않았다.

강도는 그가 수노에게 정신이 제압됐을 것이라고 짐작했다.

워낙 강력하게 제압당한 탓에 강도의 물음에 대답을 하지 못하는 것이다.

그래서 강도는 그걸 꺾으려고 한층 강력한 심력(心力)을 천비에게 주입했다.

"으음……."

천비 입에서 괴로운 듯한 신음이 새어 나왔다.

그러다가 갑자기 몸을 떨더니 긴 한숨을 토해내고는 땀을 흘리며 중얼거렸다.

"저는 수노에게 정신이 제압됐었습니다……."

강도는 그럴 줄 알았다는 듯이 고개를 끄떡였다.

"너의 정신은 수노에게서 풀려났다. 그렇지만 그에게는 여전히 제압된 것처럼 보여야 한다."

천비는 착잡한 표정을 지었다.

"그가 또 제 정신을 제압하면 어찌합니까?"

"내가 네 머릿속에 보호막을 쳐놨으니까 아마 그러지 못할 것이다."

천비는 조심스러운 표정을 지었다.

"신군께서 제 정신을 제압하신 겁니까?"

강도는 미간을 좁혔다.

"내가 네 정신을 제압했다면 지금 같은 질문을 할 수 있겠느냐?"

"아… 죄송합니다."

제압된 정신은 박약(薄弱)한 상태가 돼서 자신의 정신이 어떤 처지인지 구분하지 못한다.

그때 문이 열리고 여자 종업원들이 줄줄이 들어오며 예약해두었던 한정식을 테이블에 차렸다.

강도는 근처에 있는 와노와 음브웨를 불렀다.

[둘 다 이리 와라.]

둥근 테이블의 강도 양옆에는 벽운과 음브웨, 와노가 앉았고 맞은편에 혜광과 천비가 앉았다.

강도는 혜광이 천비를 서먹하게 대하는 것을 보고 알아듣게 설명했다.

"천비는 수노에게 정신이 제압돼서 그랬던 것이니까 그런 걸로 문제 삼지 말게."

혜광은 쑥스러운 표정을 지으며 고개를 숙였다.

"죄송합니다."

혜광은 다시 한 번 감탄했다.

인간의 감정을 절대자의 덕목으로 지적한 것이다.

그러나 천비는 그게 문제가 아니다.

그는 아까 옆방에 있다가 자신이 벽운에게 제압당한 것이 지금도 이해가 되지 않았다.

개방 방주였던 자신이 20대 새파랗게 젊은 여자에게 속수무책으로 당했기 때문이다.

그는 강도 오른쪽에 앉아 있는 벽운을 보고는 강도에게 공손히 물었다.

"저 여협은 누굽니까?"

"벽운창이야."

강도는 벽운의 별호를 말해주었다.

"아… 신창벽가의 벽운 낭자로군요."

무림에서 모르는 게 없을 정도로 박학다식했던 천비는 깜짝 놀라고는 고개를 갸웃거렸다.

사실 그는 벽운의 아버지인 신창벽가의 가주하고 일대일로 겨루어도 20여 초 안에 이길 수 있는 실력자다.

그런데 그 딸에게 제대로 반격조차 하지 못하고 제압을 당했다는 사실이 수치스럽기도 하지만 도저히 이해할 수가 없었다.

"내가 질풍대를 만들었는데 운아는 질풍대원이야."

"질풍대라는 것은……."

천비는 무림에서 선두주자인 젊은 후기지수들을 질풍대라고 불렀다는 사실은 알고 있지만 질풍대가 현 세계에도 있는 줄은 몰랐다.

강도가 '운아'라고 이름을 불러주자 벽운은 매우 기뻤지만 애써 표정을 감추고 천비에게 말했다.

"신군께서 우리 질풍대 모두의 생사현관을 소통하고 일신결계를 쳐주셨어요."

"오……."

혜광과 천비는 놀라움과 감탄의 탄성을 터뜨렸다.

생사현관이 소통되면 최소 두 배의 무공이 증진되기 때문에 벽운이 천비를 가볍게 제압한 것이 이해가 됐다.

혜광과 천비는 강도가 어느 날 갑자기 불쑥 나타난 것이 아니라 암중에서 꽤 많은 준비를 하고 있었다는 사실을 깨달았다.

"먹자."

모두들 조용히 식사를 시작했다.

와노와 음브웨는 강도가 이런 중요한 자리에 자신들을 불러준 것을 몹시 고마워했다.

사실 이들 남매는 한시도 강도 곁을 떠나지 않고 암중에서 그를 호위하고 있었다.

강도가 오늘 혜광을 부른 이유는 세 가지다.

불맹의 감시자를 색출해서 역이용하는 것.

혜광에게 강도의 존재를 인식시키는 것.

불맹을 강도의 지배하에 두는 것 등이다.

"혜광."

강도의 조용한 부름에 그렇지 않아도 긴장하고 있던 혜광은 즉시 젓가락을 내려놓았다.

"말씀하십시오."

"자네가 불맹 맹주를 맡아."

"……"

혜광은 놀란 얼굴로 강도를 바라보았다.

그는 딸꾹질을 할 것 같은 얼굴로 간신히 입을 열었다.

"그게 쉬운 일이 아닙니다."

"뭐가 어려운지 말해봐."

"우선 맹 내에서의 반발이 있을 것이고……"

"그런 건 없다."

"……"

강도는 벽운이 따라준 술잔을 집어 들었다.

"내가 임명하는데 누가 뭐라 하겠는가?"

"아……"

"도맹은 현천이, 범맹은 유성이 맡게 될 거야."

혜광과 천비는 적잖이 놀랐다.

"현천자와 유성추혼에게도 말씀하셨습니까?"

"이제 해야지."

혜광은 절대신군이 맹주가 되라고 자신에게 제일 먼저 말했다는 사실에 흡족했다.

여태까지 수노는 삼맹에 일체 간섭하지 않았었다.

삼맹은 순전히 무림에서 현 세계로 온 귀환자들에 의해서만 운영되어 왔었다.

강도는 수노와 정면으로 부딪쳐 볼 생각이다.

현재로선 그렇게 해야지만 마지막 남은 미진함을 해소할 수 있을 것 같았다.

언제까지나 수노하고 숨바꼭질만 하고 있을 수는 없다.

그러는 사이에 현 세계가 마계와 요계에 농락당하고 짓밟힌다면 천추의 한을 남기게 될 것이다.

"주군."

혜광이 조심스럽게 강도를 바라보았다.

강도가 쳐다보지도 않자 혜광은 긴장된 얼굴로 말을 꺼냈다.

"전황은 어떻게 하시렵니까?"

"쓸모없는 놈이야."

"알겠습니다."

그것으로 무공이 폐지된 전황은 도태됐다.

혜광이 궁금하게 여기던 것을 꺼냈다.

"그런데 주군, 수노가 무슨 잘못을 한 겁니까?"

"무슨 소린가?"

"수노는 감시자까지 붙여서 주군을 찾고 또 주군께선 수노를 탐탁지 않게 여기시는 것 같아서……."

혜광이, 아니, 구인겸이나 최정훈 등 장로들이 그렇게 생각하는 것도 무리가 아니다.

강도는 수노가 사부라고 믿고 있으며, 혜광 등은 수노가 강도의 대리인이나 수하라고 생각하고 있기 때문이다.

그렇지만 강도는 혜광에게 사실대로 말하고 싶지 않았다.

말해봐야 별 도움이 되지 않을 것이기 때문이다.

스으…….

강도는 유빈을 데리고 부천 한아람이 쓰고 있는 오피스텔에 이동간을 타고 나타났다.

그런데 강도는 눈앞에 벌어진 광경에 실소를 흘리고 말았다.

소파에서 차동철과 진희가 서로 포옹한 채 뜨거운 키스를 하고 있는 중이었다.

차동철이 소파에 누워 있는 진희를 찍어 누른 자세로 격렬하게 키스하면서 한 손은 상의 아래로 들어가서 유방을 만지고 다른 손으로는 바지 지퍼를 내리려 하고 있다.

두 사람이 부스럭거리면서 내뿜는 뜨거운 신음 소리가 실내에 가득했다.

깜짝 놀란 유빈은 얼굴을 붉히며 외면하면서 얼굴을 강도 어깨에 기댔다.

불맹에서 운영하는 여의도 경호 업체 스페셜솔저의 사장이었던 노총각 차동철과 경호 요원인 진희는 원래 뜨거운 사이였던 것 같았다.

두 사람은 강도와 유빈이 지켜보고 있다는 사실을 모르는 상태에서 씨근거리며 점점 뜨겁게 진도가 나가고 있다.

강도는 어떻게 할지 망설였다.

자기가 기척을 내면 차동철과 진희가 크게 당황할 것이기 때문이다.

그때 오피스텔 현관의 번호키를 누르는 소리가 났다.

그런데도 흥분한 차동철과 진희는 알지 못하고 할 일에 열중하고 있다.

드긍⋯⋯.

곧 현관문이 열리고 염정환이 서두르듯 급히 들어섰다.

염정환은 소파에 엎드려 있는 차동철과 진희는 보지 못하고 서 있는 강도를 발견하고는 공손히 허리를 굽혔다.

"주군!"

강도는 여기에 오기 전에 염정환과 한아람에게 오라고 명령했었는데 그는 이동간으로 현관 밖에 도착했다가 문을 열고 들어오는 길이다.

차동철과 진희는 깜짝 놀라서 후다닥 일어나다가 강도를 발견하고 혼비백산했다.

"주⋯ 주군!"

"아앗!"

차동철은 제대로 일어서지 못해서 비틀거렸고, 진희는 일어서는 바람에 흘러내리는 바지를 잡느라 허둥거렸다.

본의 아니게 두 사람의 애정 행각을 방해한 강도가 머쓱하게 손을 들었다.

"미안하다."

"아, 아닙니다!"

차동철은 불룩해진 하체를 감추느라 엉덩이를 뒤로 뺀 채 어쩔 줄 몰랐다.

그때 실내에 유령처럼 한아람이 나타났다.

그녀는 강도를 보고 즉시 허리를 굽혔다.

"주군."

그녀는 허리를 펴고 다가오다가 강도 옆에 서 있는 유빈을 발견하고는 소스라치게 놀라서 그 자리 얼어붙었다.

"아아……"

차동철과 진희, 염정환은 강도 옆에 서 있는 무지막지하게 아름다운 여자가 누군지 궁금하게 여기고 있었는데 한아람이 놀라자 그녀를 주시했다.

한아람은 왈칵 울음을 터뜨리면서 그 자리에 엎어졌다.

"속하, 신후님을 뵈옵니다……!"

차동철과 진희, 염정환은 혼이 다 날아갈 정도로 놀랐다.

"아……"

절대신군은 천하무림을 최초로 일통한 무적, 절대자라는

점에서 만인의 존경을 한 몸에 받고 있다.

반면에 신후는 천하제일미녀라는 타이틀과 최고의 남자인 절대신군을 독차지한 복 많은 여자로서 사람들의 부러움을 받아왔었다.

더구나 남자라면 천하제일미녀 신후를 한 번만 먼발치에서 보고 죽어도 소원이 없다고 할 정도였는데, 그런 신후를 바로 지척에서 보게 됐으니 충격으로 기절하지 않은 것이 이상한 일이다.

차동철과 진희, 염정환은 서둘러서 부복했다.

"신후님을 뵈옵니다!"

유빈은 우아한 미소를 지었다.

"일어나세요."

그녀는 앞으로 걸어가서 한아람의 손을 잡았다.

"녹비오, 오랜만이구나."

"아아… 신후님……."

한아람은 주작단 한매궁의 시녀로서 절대신군과 신후의 먼발치에서 허드렛일을 시중했었다.

그런데 유빈이 한아람을 한눈에 알아보고 그의 지위 녹비오를 불러주니까 눈물이 와락 쏟아졌다.

강도와 유빈은 소파에 앉아 있고 한아람과 차동철 등은 앞쪽에 일렬로 나란히 서 있었다.

우선 한아람이 보고했다.

"경남 남해에 적당한 장소를 찾아냈어요."

"말해봐라."

"남해군은 하나의 커다란 섬인데 두 개의 다리로 육지와 연결되어 육지나 다름이 없으며 풍광이 아름답기로는 대한민국에서 손가락에 꼽을 정도예요."

남해군은 구불구불한 바닷가 해안 수백 km를 따라서 경치좋은 곳에 호텔과 리조트, 펜션 등 숙박 시설들이 우후죽순처럼 들어서 있다.

한아람은 그동안 얏코네 소부족 겡게우찌와 455명이 터전을 잡고 살아가기 적당한 지역을 물색해 왔었다.

며칠 동안 인터넷을 샅샅이 뒤진 그녀는 최종적으로 3곳을 물망에 올리고 그곳들을 직접 가보기로 했다.

그 결과 경상남도 남해군이 최종적으로 낙찰됐다.

뿐만 아니라 한아람은 겡게우찌와들이 직접 운영할 호텔과 리조트, 대형 펜션들과 부두, 선박, 아파트까지도 자세하게 조사를 해왔다.

한아람은 자신이 남해군에 대해서 직접 촬영하거나 수집한 자료들을 담아온 USB를 벽걸이 TV에 연결했다.

강도는 와노와 음브웨를 불러서 같이 보도록 했다.

"어떠냐?"

자료 화면을 다 보고 나서 강도가 겡게우찌와의 대표라고 할 수 있는 와노와 음브웨에게 물었다.

두 사람은 꿈을 꾸는 것 같은 표정을 지었다.

"아아… 저긴 낙원입니다……!"

"우리가 저런 곳에서 살게 된다는 게 믿어지지 않아요……."

한아람이 설명했다.

"455명이 모두 반경 10㎞ 이내에서 살게 될 거예요."

그녀는 TV 화면의 호텔과 리조트를 가리키면서 강도에게 보고했다.

"70객실과 50객실 규모의 호텔 하나와 리조트 2개, 대형과 중형 펜션 17개, 어선 16척과 아파트, 빌라 등을 모두 구입하는 금액이 370억 원 정도 들 것 같아요."

강도는 와노와 음브웨를 쳐다보았다. 두 사람의 대답을 기다리는 것이다.

와노는 매우 조심스러운 표정을 지었다.

"돈이 아주 많이 드는군요."

강도는 부드러운 미소를 지었다.

"돈 걱정은 하지 말고 너희들이 저기에서 살 건지 아닌지만 결정해라. 부모님과 의논해야 하느냐?"

"그건 아닙니다만 돈이……."

"와노."

"네, 주군."

"너 이제 보니까 소심하구나?"

"……."

"돈 걱정은 하지 말라고 하는데 자꾸 돈 타령만 할 거냐?"

"죄송합니다."

강도는 못을 박았다.

"저기가 마음에 드는 걸로 알겠다."

"그렇습니다. 너무 마음에 듭니다."

강도는 한아람에게 물었다.

"주민등록은 어떻게 됐느냐?"

"전산 작업을 다 마쳤고 주민등록증이 나와서 모두에게 나누어주었습니다."

강도는 고개를 끄떡였다.

"그럼 그곳 호텔과 리조트, 펜션 등을 대표하는 사람들 이름으로 매입해야지."

호텔 등을 겡게우찌와 사람들 이름으로 매입한다는 말에 와노와 음브웨는 움찔 놀랐다.

"알겠어요."

유빈은 강도 옆에 다소곳이 앉아서 그가 일사불란하게 일을 처리하는 모습을 그윽한 눈빛으로 바라보았다.

"동철, 진희, 정환."

강도의 부름에 3명이 즉시 허리를 굽혔다.

"하명하십시오."

"너희 셋은 지금 이 순간부터 신후를 호위하라."

3명의 몸이 움찔했다.

"신후에게 무슨 일이 생기면 너희 셋 다 죽는다."

차동철과 진희, 염정환 3명에게 최초로 임무다운 임무가 주어졌다.

강도는 어젯밤에 유빈에게 정제순혈을 놔주고 생사현관 소통과 일신결계를 쳐주었다.

그로써 유빈은 무공이 두 배 증진되었으며 마계와 요계로부터 안전해졌다.

그렇지만 강도는 인간들 속에도 적이 도사리고 있을지 모른다고 생각했다.

만약 인간이 유빈을 공격할 때 강도가 곁에 없다면 차동철들 3명이 방어하고 최종적으로는 유빈이 스스로를 지켜야 할 것이다.

강도는 잠시 생각하다가 모두를 둘러보며 조용한 목소리로 설명했다.

"너희들이 알고 있어야 할 게 있다."

모두의 얼굴이 긴장으로 물들었다.

"나는 내일 총본으로 들어갈 거다."

"아……."

누군가 나직한 탄성을 터뜨렸다.

어찌 보면 강도의 최측근은 여기에 있는 사람들이라고 할 수가 있다.

그 다음이 구인겸과 질풍대다.

최소한 이들은 자신들이 모시고 있는 주군의 다음 행보가 무엇인지 정도는 알고 있어야 할 거 같았다.

"솔직히 나는 총본에 대해서 전혀 모르지만 별일은 없을 것이다."

모두들 긴장한 표정이다.

강도가 총본에 들어간다는 것은 지금까지와 달리 절대신군의 지위에 오르겠다는 뜻이다.

강도는 유빈을 데리고 한남동 저택으로 갔다.

그는 내일 총본에 들어가기 전에 처리해 둘 일이 몇 개 있다.

질풍대는 청와대에 한 팀이 나가 있으며 이곳에는 4개 팀이 대기하고 있다.

이 저택에는 도맹의 하급 여무사들이 파견 나와 있다.

무림으로 치면 여무사들은 하녀인데 저택이 워낙 크고 할 일이 많다 보니까 15명이 나와 있는데도 백 명이 넘는 고수들을 먹이고 시중을 들고 뒤치다꺼리를 하기 때문에 그녀들로도 부족하다.

여무사들의 우두머리인 단총아(單聰雅)라는 특이한 이름의 여자가 강도와 유빈을 강도의 개인방 중 하나인 2층의 서재로 모셨다.

넓은 방에는 수천 권의 책들과 한쪽 벽면에는 영화를 보거나 음악 등을 감상할 수 있도록 시스템이 갖추어졌으며, 커다란 책상과 편안한 소파가 놓여 있다.

강도는 소파에 앉기 전에 단총아를 불렀다.

"단총아."

"네, 신군님."

단총아는 첫날부터 멀찍이에서 강도를 바라보기만 했을 뿐이지 아직 한 번도 대화를 나눈 적이 없었다.

그녀가 깜짝 놀라서 그 자리에 부복하려고 하는 걸 강도가 무형지기로 막았다.

"인사해라. 내 아내다."

"네."

극도로 긴장한 상태인 단총아는 강도의 말을 제대로 이해하지 못하고 건성으로 대답했다.

평소 단총아는 주위 사람들에게 당차고 똑 부러지는 칼 같은 성격이라는 말을 들었지만 지금은 절대신군 앞이라서 정신이 하나도 없다.

"처음 뵙겠습니다. 단총아라고 합니다."

단총아는 유빈에게 공손히 허리를 굽혔다가 펴고는 그녀를 바라보았다.

"아······."

그녀는 눈이 멀어버릴 것 같은 유빈의 미모에 넋이 달아나도록 놀라서 멍하니 바라보았다.

유빈은 방긋 미소 지었다.

"소유빈이에요. 잘 부탁해요."

"네······."

그때 단총아의 수하인 여무사 한 명이 들어와서 조심스럽게 소파 앞 테이블에 은은한 향기의 차를 내려놓았다.

단총아와 여무사는 뒷걸음질 쳐서 서재를 나왔다.

"하아······."

극도로 긴장했던 두 여자는 문을 닫고 몇 걸음 걸어가다가 그제야 긴 한숨을 토해냈다.

차를 갖고 들어왔던 여무사가 아직도 긴장이 풀리지 않은 표정으로 눈을 동그랗게 뜨고 속삭였다.

"아아··· 정말 소문에 듣던 대로 천상의 선녀처럼 아름다우시군요."

"그러게. 나는 오금이 저려서 제대로 서 있지도 못했다니까."

"신후님께선 과연 신군님의 사랑을 독차지하실 만큼 아름다우셔요. 기품도 있으시고."

"……."

단총아는 깜짝 놀라서 걸음을 멈추었다.

"너 지금 뭐라고 그랬어? 방금 그분이 신후님이라고?"

"신군님의 부인이면 신후님이죠. 그럼 조장은 방금 그분이 누구라고 생각하신 거예요?"

"아아……."

정신이 하나도 없어서 신후인지도 모르고 인사를 했던 단총아는 다리에 힘이 풀려서 그 자리에 풀썩 주저앉았다.

서재에 질풍대 4명의 팀장이 들어왔다.

나란히 선 4명의 팀장은 강도의 소개에 유빈을 감히 제대로 쳐다보지도 못하고 부복하며 예를 올렸다.

강도는 질풍대장 태청에게 USB 하나를 건네주었다.

"이걸 열어봐라."

그건 일전에 얏코가 강도와 처음으로 거래를 할 때 주었던 USB다.

태청이 USB를 꽂고 리모컨으로 조정하는 걸 보면서 강도가 일러주었다.

"마계와 요계의 아지트가 있으니까 어딘지 띄워봐라."

강도의 말에 팀장들은 바짝 긴장했다.

사실 강도는 그동안 워낙 바쁘고 또 사정이 여의치 않았던 탓에 얏코가 준 USB를 지니고 다니기만 했을 뿐 본 적이 없었다.

자료들을 띄우던 태청이 화면을 정지했다.

"이곳이 마계 아지트라고 나와 있습니다."

강도는 화면의 거대한 빌딩을 보았다.

"어디냐?"

"엔젤그룹 본사입니다."

팀장들이 놀라서 신음 소리를 냈다.

"아……."

"마계 아지트가……."

마계의 대한민국 아지트가 국내 재계 3위인 엔젤그룹 본사라는 사실은 충격적이다.

강도 역시 그 사실을 처음 알았다.

그 사실을 알았다고 해도 지금까지의 강도로서는 어떻게 해볼 방법이 없었다.

만약 그 당시에 강도가 마계와 요계의 아지트에 대해서 알았더라면 어떻게 할 능력이나 방법은 없으면서 괜히 마음만 혼란스러웠을 것이다.

그런 상황이 돼버리는 것이 싫어서 애써 USB를 열어보지 않았던 것이다.

그렇지만 이제는 상황이 무르익었다.

어느 정도 주변 정리가 됐기 때문에 이제는 마계와 요계의 핵심을 들여다볼 마음의 여유가 생겼다.

"요계는 어디냐?"

"잠시만 기다리십시오."

컴퓨터를 잘 다루는 태청은 오래지 않아서 화면에 사진 하나를 정지시켰다.

화면에 나타난 사진을 보고 강도를 비롯한 팀장들 모두 놀란 표정을 지었다.

태청의 사형 태광이 어이없는 표정을 지었다.

"저긴 군부대인가?"

태청이 군부대 현판을 확대시키자 '해군사령부'라는 글씨가 크게 보였다.

"경남 진해에 있는 해군사령부입니다."

태청이 덧붙였다.

강도는 요계가 어째서 진해해군사령부를 아지트로 삼았는지 이해가 됐다.

요계의 요족 즉, 와다무들이 살았던 외방계는 페르다우(동쪽의 낙원) 혹은 음보보(풍요의 땅)라고 부른다.

그곳은 절반 이상이 바다와 호수, 강, 늪으로 둘러싸여 있어서 와다무들은 물과 매우 친숙하다고 했다.

얏코네 겡게우찌와 455명은 완전한 인간이 되고서도 자신들이 살 지역을 바닷가인 남해로 결정한 것이 바로 그런 이유였다.

강도는 잠시 생각하다가 입을 열었다.

"공명, 남궁연."

제3팀장 공명과 4팀장 남궁연이 즉시 허리를 굽혔다.

"하명하십시오."

"3팀이 마계를, 4팀이 요계를 맡아서 조사해라."

공명과 남궁연 얼굴이 긴장으로 물들었다.

"우리가 언제든지 급습해서 박살 낼 수 있도록 자세히 알아내야 한다."

"명을 받듭니다."

"팀원 전체가 갈 필요는 없을 것이다. 정예 몇 명을 보내도록 하라."

"충명!"

그때 단총아가 노크를 하고 들어와서 조심스럽게 알렸다.

"식사가 준비되었습니다."

단총아는 강도 옆에 다소곳이 앉아 있는 유빈을 한 번 더 바라보고는 아무도 모르게 허리를 깊이 숙였다.

강도는 유빈과 질풍대 4명의 팀장들과 식사를 하기 위해서 식당으로 자리를 옮기고는 테이블에 둘러앉았다.

유빈을 호위하는 차동철과 진희, 염정환도 같이 왔지만 그들끼리 따로 식사를 할 것이다.

절대신군과 처음으로 식사를 하는 4명의 팀장들은 극도로 긴장해서 좌불안석이다.

한 사람, 5팀장 자미룡은 팀원들과 함께 청와대에 나가 있다.

"너희들은 내일 나와 함께 총본에 간다."

강도가 불쑥 말했다.

4명의 팀장들은 일제히 동작을 뚝 멈추고 강도를 주시했다.

그들의 얼굴에 똑같이 극도의 놀라움과 긴장이 복잡하게 떠올랐다.

강도가 총본에 간다는 것은 지금까지는 음지의 절대신군이었지만 내일부터는 음양 모두의 절대신군이 된다는 뜻이다.

"자미룡도 불러라. 같이 간다."

태청이 조심스럽게 입을 열었다.

"주군, 그럼 삼맹은 어찌합니까?"

현재의 삼맹은 따로 행동하고 있다.

강도는 유빈이 따라주는 술을 받았다.

무림에서는 세끼 식사 때마다 반주를 했었고 유빈이 시중을 들었기 때문에 그게 습관이 됐다.

"삼맹은 통합됐다."

"아……."

"너희들 중에 수노를 직접 본 사람이 있느냐?"

팀장들은 서로를 쳐다보았고 태청이 대답했다.

"없습니다."

강도가 총본에 들어가기 전에 처리해야 할 일들 중 가장 급선무이고 또 중요한 것이 수노다.

그래서 그는 수노를 직접 찾아가서 부딪칠 계획이다.

그리고 그 전에 범맹 감시자를 색출하는 사소한 일이 있다.

불맹의 감시자는 천비였고 도맹은 백운자였다.

백운자를 만나서 정신을 스캔하고, 범맹 감시자를 찾아내서 그 역시 정신을 스캔하고 나면 수노에 대해서 조금쯤은 더 알게 될 것이다.

제27장
일루미나티(Illuminate)

　강도는 한남동 저택에서 곧장 유빈네 만두집으로 이동했다.

　처리해야 할 일 중에 하나가 유빈과 부모님의 거취를 제대로 하는 것이다.

　강도 자신이 유빈을 만나기 전이었으면 모르지만 만난 이후에는 무슨 일이 생길지 모른다.

　그렇기 때문에 유빈과 부모님을 안전하게 만들어두어야만 한다.

　차동철과 진희, 염정환은 주변에서 대기하라 이르고 강도는 유빈과 함께 가게로 들어갔다.

드르륵…….

강도와 유빈이 들어오는 것을 본 엄마와 아빠는 반가움에 소리쳤다.

"이 서방!"

"어서 오게, 이 서방!"

엄마와 아빠는 유빈은 거들떠보지도 않고 강도에게 달려들어 손을 잡았다.

강도는 유빈 부모에게 이사를 가야만 하는 이유에 대해서 성심껏 설명을 했다.

물론 마계나 요계 같은 얘긴 하지 않았고 할 수도 없다.

그저 강도가 유빈과 함께 지내야 하는데 부모님께서 가까운 곳에 계셨으면 좋겠다고 설득했다.

유빈 부모는 유빈과 떨어져서 살아야 한다는 사실이 제일 충격이고 또 서운하게 여겼다.

그렇지만 강도와 유빈이 이미 결혼한 사이라서 어쩔 수 없이 떠나보내야 한다고 생각했다.

그러면서도 자신들이 강도의 도움을 받아 이사하는 것에 대해서는 완강하게 거절했다.

자신들은 이곳에서 만두집을 운영하면서 내외가 충분히 생활할 수 있으니까 걱정하지 말라는 것이다.

유빈의 부모는 사위에게 도움을 받아 폐를 끼치는 것에 대해서 병적으로 반응했다.

사실 강도가 유빈 부모의 정신에 약간 손을 쓰기만 하면 이 문제는 간단하게 해결될 수 있다.

하지만 그건 본인들의 의견을 전혀 반영하지 않는 강제적인 방법이라서 강도는 전혀 내키지 않았다.

"사실 저와 유빈이 원하는 것은 우리 모두 함께 사는 것입니다."

강도는 유빈 부모가 갖다놓은 만두와 찐빵에는 손도 대지 않았다.

"어여 먹게. 먹으면서 얘기해."

엄마는 강도 손에 젓가락을 쥐어주면서 먹기를 권했다.

어른들은 그저 자식들 입에 먹을 것이 들어가는 모습을 보는 게 제일 좋은 모양이다.

강도는 만두 하나를 통째로 입에 넣고 씹으면서 말했다.

"저는 아버지 없이 홀어머니와 여동생뿐입니다."

"그런가?"

처음 듣는 강도의 가족사에 유빈 부모는 관심을 보였다.

강도는 유빈 부모를 설득하는 도중에 무척 좋은 생각이 하나 떠올랐다.

마침 엄마가 다니던 공장을 그만두고 가게를 내려고 하는데 무엇을 할까 열심히 구상 중이다.

그래서 강도는 유빈 부모와 엄마가 함께 만두 가게를 하면 좋겠다는 생각을 했다.

엄마나 유빈의 부모 모두 선하고 착한 분들이라서 불협화음 같은 것은 걱정하지 않아도 될 것 같다.

그러면 유빈의 부모님 집을 부천 강도네 집 근처나 같은 아파트에 얻으면 서로 이웃하면서 매일 볼 수 있으니까 그야말로 금상첨화가 아니겠는가.

과연 강도의 자세한 설명을 듣고 난 유빈 부모는 큰 관심을 보였다.

"그런데 귀한 사돈께서 만두 가게 같은 험한 일을 하시려나 모르겠네."

강도는 손을 내저었다.

"그건 걱정하지 마십시오. 저희 어머니는 몸으로 움직이는 것을 무척 좋아하십니다."

"그러신가?"

"일단 두 분께서 저희 어머니를 한번 만나셔서 말씀을 나눠 보십시오."

유빈 부모는 얼굴을 마주 보고는 고개를 끄떡였다.

"그러겠네."

유빈 엄마는 두 손을 기도하듯이 모으고 꿈꾸듯이 말했다.

"우리가 다 같이 살 수 있다면 얼마나 좋을까?"

자식하고 평생 같이 살고 싶은 게 부모의 마음이다.

거기에 사위와 사돈까지 한집에 같이 살면서 얼굴 붉히지 않고 오순도순 행복할 수만 있다면 거기가 바로 지상낙원일 것이다.

강도는 내친김에 유빈 부모님을 모시고 부천 집으로 가기로 했다.

엄마에게 미리 전화를 걸어서 얘기를 했고, 한남동 저택에 연락해서 차를 한 대 보내라고 했다.

유빈네 집은 한남동 바로 옆인 옥수동이라서 질풍대원이 15분 만에 차를 몰고 왔다.

어른을 모실 거라고 점잖은 차를 보내라고 했더니 벤츠 마이바흐를 몰고 와서 질풍대원은 키를 강도에게 넘기고 다시 한남동으로 돌아갔다.

강도는 유빈 부모님을 뒷자리에, 유빈을 조수석에 태우고 차를 출발시켰다.

결과는 대성공이다.

사람 좋기로는 1, 2등을 다투는 강도 엄마와 유빈 부모님은 만나서 몇 마디 나눠보고는 바로 십년지기처럼 친해졌다.

강주는 학교에 가고 집에는 얏코가 있었는데 그녀가 감초 역할을 톡톡히 했다.

하루 24시간 거의 집을 비우고 있는 강도 대신 얏코는 큰딸처럼 엄마의 말벗이 돼주곤 했었다.

"제가 봐둔 가게가 있는데 한번 보시겠어요?"

엄마는 두 번째 보는 며느리 유빈의 손을 놓지 않으며 유빈 부모님에게 권했다.

이런저런 일들을 처리한 후에 강도는 비로소 혼자가 됐다.

아니, 와노와 음브웨가 보이지 않는 곳에서 호위를 하고 있으니까 엄밀하게 말하면 혼자가 아니라 3명이다.

강도는 근처에서 가장 높은 건물 옥상으로 올라갔다.

신축한 35층짜리 아파트인데 옥상에 헬리포트와 방송과 휴대폰 송수신 장치 같은 것들이 솟아 있는 곳이다.

스으······.

강도가 옥상 가장자리 난간에 나타나자 같은 순간 와노와 음브웨도 강도로부터 10m 거리에 나타났다.

강도와 와노, 음브웨의 페이스 포지션을 하나로 맞춰놨기 때문에 강도가 어디로 이동하면 두 사람도 거의 동시에 이동하게 되어 있다.

와노와 음브웨는 나타나자마자 강도의 눈에 띄지 않도록

즉시 모습을 감추었다.

강도는 한곳에 자리를 잡고 앉았다.

그는 마음을 가다듬고 수노의 정신에 심어놓은 자신의 흔적을 찾아내기에 돌입했다.

누군가에게 한번 들어갔던 그의 정신은 반드시 흔적을 남긴다.

그렇지만 인간이나 마족, 요족의 흔적은 강한데 수노의 흔적은 매우 흐릿하다.

강도는 처음부터 수노의 정신을 읽거나 흔적을 남길 수 있을 것이라고 생각하지 않았었다.

어쩌면 이건 어려운 작업이 될 것 같은 예감이 들었다.

"음……."

예상했던 대로 수노의 흔적이 잡힐 듯하면서도 가물거리자 강도는 미간을 좁히며 낮은 신음 소리를 냈다.

그는 눈을 뜨고 담배를 한 대 꺼내 물었다.

"후우……."

수노의 흔적을 찾지 못하면 일이 다 틀어져 버린다.

담배 연기를 내뿜던 그는 문득 옥상 한쪽에 삐죽삐죽 솟아 있는 송수신 장치를 바라보았다.

'그래. 감도를 증폭시키면…….'

그는 자신의 뇌리 속에 있는 수노의 흔적을 손목 트랜스폰으로 연결했다.

그러고는 트랜프폰을 옥상의 전파 수신 장치와 매칭시켰다.

―나는 주군을 모셔야 하니까 아버지께서 다녀오세요.

그런데 와노의 목소리가 불쑥 들렸다.

―아들아, 네가 내 후계자이니 우리 부족을 이끌어야 하지 않겠느냐?

―그건 잊어버리세요. 아버지께서 저와 음브웨를 주군께 드렸잖습니까? 그러니까 저와 음브웨는 죽을 때까지 주군을 모시기로 맹세했습니다.

―아들아…….

―끊겠습니다.

수노의 흔적을 잡으려고 했는데 와노와 아버지 바와의 휴대폰 통화를 엿듣게 되었다.

"와노."

강도가 부르자 와노와 음브웨가 총알처럼 달려와서 그의 앞에 나란히 섰다.

"와노."

"말씀하십시오."

완전한 인간의 모습을 한 와노와 음브웨의 모습은 한국인과 유럽인의 혼혈처럼 생겼으며 모든 인간이 되고 싶어 하는 외모와 체구를 지니고 있었다.

"아버지에게 가라."

"……."

강도의 말에 와노와 음브웨는 깜짝 놀랐다.

"주군, 저는……."

"사실 나는 너희 둘이 필요 없다."

강도의 단호한 말에 두 사람은 착잡한 표정을 지었다.

"너희 겡게우찌와 부족이 내게 뭔가 보답을 한다니까 너희가 필요하지 않으면서도 받아들였다. 너희가 보기에 내가 너희들의 보호가 필요한 것 같으냐?"

"……."

와노와 음브웨는 대답하지 못했다.

강도의 말은 사실이다.

두 사람이 생각하기에도 강도는 지구상의 피조물들 중에서 가장 강하다.

그렇기 때문에 와노와 음브웨가 그의 곁에 있는 것은 호위가 아니라 잔심부름을 하기 위함일 뿐이다.

하지만 와노와 음브웨가 강도 곁을 떠나면 그에게 보답할 길이 막막하다.

"와노, 너는 지금 즉시 아버지에게 돌아가서 겡게우찌와 부족을 이끌어라."

"주군……."

"여긴 음브웨만으로 충분하다."

와노는 복잡한 표정을 지었고 음브웨는 기쁜 얼굴로 강도를 바라보았다.

와노와 음브웨는 강도가 자신들 둘 다 내치지 않았다는 사실에 일단 안심했다.

"와노 네가 가지 않으면 둘 다 내치겠다."

와노는 복잡한 표정으로 음브웨를 쳐다보았다.

음브웨는 아무 말이 없지만 간절한 바람이 얼굴에 가득했다.

이윽고 와노는 고개를 숙였다.

"가겠습니다."

강도는 고개를 끄떡였다.

"가서 부족을 잘 이끌어라."

와노는 그 자리에 무릎을 꿇고 절을 올렸다.

"언제라도 불러주시면 달려오겠습니다."

스으……

강도와 음브웨는 수노가 있다고 추정되는 장소로부터 100m 거리를 두고 이동했다.

그곳은 어느 빌딩 안의 이 층 로비였다.

강도와 음브웨는 많은 사람이 오가는 로비 중간에 갑자기 나타났다.

두 사람의 출현에 오가는 사람들이 깜짝 놀랐지만 부딪치거나 큰 문제가 되지는 않았다.

오가는 사람들은 매우 화려한 복장에 짙은 화장을 한 모습인데 연예인들 같았다.

강도는 수노의 흔적을 따라서 경쾌한 음악이 흘러나오고 활짝 열려 있는 문 안으로 들어갔다.

음브웨는 강도에게 바싹 붙어서 번쩍이는 화려한 조명 아래를 지나갔다.

그곳은 패션쇼장이었다.

넓은 홀 한가운데에 길게 무대가 이어져 있고, 그 위를 남녀 패션모델들이 줄지어서 걷고 있었다.

그리고 무대 양쪽에는 의자에 앉은 수백 명이 패션쇼를 구경하거나 촬영을 하고 있었다.

강도나 음브웨는 패션쇼를 처음 보지만 애초에 그런 것에는 관심조차 없다.

강도와 음브웨는 앉아 있는 사람들 뒤쪽에 서서 구경하는 사람들 속에 섞여 들었다.

강도는 수노의 느낌이 강하게 전해지는 무대를 주시했다.

'있다!'

강도가 청평의 별장에서 봤던 수노가 모델들과 함께 무대 위를 워킹하고 있는 모습이 보였다.

수노는 강도가 청평에서 봤던 그대로 핸섬한 모습이다.

강도는 수노가 자신을 알아볼지도 몰라서 와노의 모습으로 변신했다.

그가 와노로 변신하는 데 1초도 걸리지 않았다.

그러고는 무대에서 워킹을 하고 있는 수노의 생각을 읽어보기로 했다.

그러나 강도는 곧 실망하고 말았다.

무대 위의 수노는 그저 평범한 인간이었다.

패션쇼에서 누구보다 자신이 돋보이길 바라고 패션쇼가 끝나면 자신의 애인하고 근사한 밤을 보낼 거라는 지극히 인간다운 상상을 하고 있었다.

그 외에 수노다운 생각은 아무것도 하지 않았다.

강도는 문득 청평에서 수노가 했던 말을 기억해 냈다.

"나는 원래 모습을 갖추지 않은 신령(神靈)이라서 사람들 앞에 나타나려면 지금처럼 사람의 모습을 빌려야 합니다."

즉, 필요할 때만 사람의 모습을 빌린다는 것이다.

'그럼 수노는 어디에 있는 거지?'

신령이라고 해서 그냥 할 일 없이 허공을 빙빙 떠돌고 있지는 않을 것이다.

그렇지만 그건 추측일 뿐이지 수노가 무엇을 하고 있을지 짐작이 되지 않았다.

강도는 수노의 육신 역할을 하고 있는 모델 즉, 숙주(宿主)를 계속 지켜보기로 했다.

음브웨가 무심코 강도를 쳐다보다가 깜짝 놀랐다.

"오빠!"

옆에 있는 줄 알았던 강도 대신 사라졌던 와노가 나타난 것을 봤으니 놀라지 않을 수가 없다.

―나다.

"아……."

강도가 모델 숙주에게서 시선을 떼지 않고 심언으로 말하자 음브웨는 안도하는 표정을 지었다.

강도는 오늘 패션쇼의 상세한 내용을 적은 팸플릿을 구해서 읽어보고 숙주의 이름이 다비드라는 것을 알아냈다.

팸플릿에는 다비드가 오늘 패션쇼의 메인 모델이며, 나이가 32살이고, 우크라이나 국적의 고려인이라는 프로필이 적혀 있었다.

그러나 지금 중요한 건 그런 게 아니라 수노의 신령이 어디에 있느냐는 것이다.

무대에는 오늘 출연한 모델들이 다 모여서 마지막 인사를 하고 있는 중이다.

와노 모습을 하고 있는 강도는 무대로 최대한 가깝게 다가가서 다비드하고 10m 정도의 거리가 되자 다시 한 번 그를 스캔해 보았다.

여자 모델들에게 둘러싸여서 의기양양한 미소를 짓고 있는 다비드를 머리끝에서 발끝까지 세 번 연이어 스캔했다.

그러고는 다비드의 머리, 정확하게 뒤통수 쪽에서 뭔가 반짝이는 것을 감지했다.

그것은 마치 다비드 뒤통수 안에 보석 하나가 박혀 있는 것 같은 느낌이었다.

'저거다.'

강도는 본능적으로 보석이 수노일 거라고 직감했다.

사람의 머릿속에 보석이 박혀 있을 리가 없다.

그러니까 보석처럼 감지되는 것이 수노의 신령이 웅크리고 있는 결정체일 것이다.

강도는 다비드 뒤통수의 수노라고 짐작하는 보석을 집중적으로 스캔했다.

그러나 아무것도 감지되지 않았다.

아마도 활동을 하지 않는 상태 즉, 휴면(休眠)을 하고 있기 때문일 것이다.

강도는 오늘 단단하게 작정을 하고 왔기 때문에 뭔가 결말을 내야만 한다.

이제 한계에 도달했다. 수노하고 결말을 내지 못하면 죽도 밥도 안 된다.

다비드가 혼자가 된 건 패션쇼가 끝나고 나서도 3시간이 지나서였다.

패션쇼 관계자들과의 회식이 길어졌는데 다비드는 중간에 빠져 나왔다.

아니, 다비드는 혼자가 아니었다.

강도가 청평에서 본 에스턴마틴에 타고 있던 아름다운 서양 여자와 함께 강남의 어느 호텔로 들어갔다.

알아보니까 서양 여자는 다비드처럼 우크라이나 출신 모델이며 둘은 연인 사이라고 한다.

다비드와 애인이 객실로 올라간 후에 강도는 음브웨와 함께 로비 소파에 앉았다.

강도는 잠시 시간을 갖고 생각을 정리했다.

자신이 뭔가 놓친 것은 없는지 너무 성급한 건 아닌지 점검을 해보았다.

수노하고 정면으로 부딪칠 거라는 생각을 하니까 긴장이 되는 모양이다.

한참 생각에 골몰하던 그는 갑자기 고개를 저었다.

'뭐야? 병신같이……'

지나치게 소심해진 자신을 발견한 것이다.

"음브웨, 여기에서 기다려라."

"네?"

강도가 중얼거리면서 일어서자 음브웨는 깜짝 놀라 벌떡 일어섰다.

음브웨는 두 손으로 강도의 팔을 잡았다.

"같이 가면 안 돼요?"

"너……"

강도는 음브웨의 겁먹은 얼굴을 보고 어이가 없어졌다.

"왜 그래?"

음브웨는 주저했다.

"혼자 있으면 무서워요……"

"너 용감하지 않았니?"

"그건 옆에 누가 있을 때… 오빠나 주군께서 계셔주면 용기가 나는데 아무도 없으면……"

음브웨는 요계 3위 우쭈리다.

강도가 현 세계에 귀환해서 처음 마주쳤던 요족이 카펨부아였는데 장난이 아닐 정도로 강했었다.

5위 카펨부아의 바로 위가 4위인 말라칼이며 얏코가 거기에 속했었고, 그 위가 우쭈리니까 카펨부아보다 훨씬 강할 텐데도 음브웨는 말이 안 되게 겁이 많다.

강도가 쳐다보니까 음브웨는 커다란 눈에 겁이 잔뜩 들어서 초롱초롱 그를 바라보고 있다.

혼혈의 치명적인 아름다움을 지닌 음브웨.

그녀가 작정하고 누굴 유혹하려 든다면 넘어가지 않을 사내가 없을 것 같다.

그녀가 간절한 눈빛으로 바라보자 강도는 아름답다거나 그런 걸 떠나서 조금 불쌍한 마음이 들었다.

"가자."

조마조마하던 음브웨의 얼굴이 환하게 펴지면서 강도에게 찰싹 붙으며 그의 팔을 가슴에 꼭 안았다.

"고마워요, 주군."

입으로는 주군이라고 하면서 행동은 애인처럼 굴었다.

사아…….

강도와 음브웨는 이동간을 이용하여 다비드가 있는 호텔 객실 안으로 잠입했다.

톱 모델인 다비드에게 그를 초청한 소속사가 일급 호텔 객실을 숙소로 빌려주었다.

"아아… 아흑……."

강도와 음브웨는 잠입하자마자 남녀의 거친 신음 소리를 들어야만 했다.

두 사람의 시선이 반사적으로 신음 소리가 들려오는 곳으로 향했다.

저만치 창가에 놓인 커다란 더블 침대 위에서 벌거벗은 다비드와 애인이 한 덩어리로 엉겨서 격렬하게 섹스를 하고 있는 중이다.

아무도 없이 단둘인 데다 뜨거운 피가 끓는 청춘이다 보니까 두 사람의 섹스는 활화산처럼 뜨거웠다.

"아아… 아으으……."

여자의 신음 소리가 자지러진다.

크게 놀란 음브웨는 한껏 부릅뜬 눈을 깜빡이지 않은 채 두 사람에게서 시선을 떼지 못했다.

음브웨는 요족 나이로 9살이며 인간으로 치면 27~29살이라고 할 수 있다.

요족 여자들은 보통 6~7살 정도에 결혼을 하지만 얏코와 음브웨는 족장의 딸로서 할 일이 많은 탓에 결혼을 하지 않았었다.

인간과 요족은 생김새와 습성이 조금 다를 뿐이지 섹스를 하고 잉태, 출산을 하는 과정은 거의 흡사하다.

요족 와다무들은 한 달에 한 번 발정기가 있는데 그때 정혈

낭 외카다무에서 강렬한 진액과 향(香)이 분비된다.

그들은 한 달에 한 번 발정기 때 몹시 흥분을 하고, 그때 가장 빈번하게 섹스를 하는데 그걸 톰바(Tomba:교미)라고 한다.

태어나서 처음으로 섹스를 하는 광경을, 그것도 이렇게 가까운 거리에서 적나라하게 목격한 음브웨는 지금 제정신이 아니다.

스으……

강도는 다비드를 제압하려고 추호의 기척도 없이 침대로 가까이 접근했다.

침대의 여자는 무릎을 꿇고 엎드려서 두 다리를 벌리고 있으며 다비드가 뒤에서 미친 듯이 공격하고 있었다.

불을 켜지 않아서 실내는 어두컴컴했지만 침대 위 천장에서 얄궂은 빛의 흐릿한 조명이 마치 무대 위를 비추는 것처럼 다비드와 여자만 비추었다.

그렇기 때문에 강도와 음브웨는 그들을 잘 볼 수 있지만 그들은 어둠 속에 서 있는 강도들을 발견하지 못했다.

공교롭게도 강도와 음브웨는 다비드의 측면 3m쯤에 서 있기 때문에 두 사람의 은밀한 부위가 쉴 새 없이 피스톤처럼 왕복운동을 하고 있는 광경이 생생하게 보였다.

강도의 팔을 가슴에 안은 음부웨의 두 팔과 몸에 빳빳하게 힘이 들어갔다.

바로 그때 강도의 손이 육안으로는 보이지 않을 만큼 빠르게 다비드에게 뻗어나갔다.

전혀 움직이지 않고 이어심기의 수법으로 무형지기를 뿜어내서 제압해도 되지만 상대가 수노이기에 손으로 직접 강기를 발출했다.

파파팍!

"흑······."

"하악······!"

두 마디 답답한 신음과 함께 다비드와 여자의 몸이 석상처럼 굳어버렸다.

두 사람은 자신들에게 무슨 일이 벌어졌는지도 모르는 상태에서 제압되어 놀라서 러시아어를 지껄여 댔다.

강도는 강력한 무형지기를 발출하여 다비드 뒤통수에 있는 수노 신령을 꼼짝하지 못하게 움켜잡았다.

"······!"

그런데 사라졌다.

방금 전 그가 다비드를 제압할 때까지만 해도 뒤통수에 있던 수노의 신령이 찰나지간에 사라진 것이다.

후우우······.

강도는 반사적으로 자신과 음브웨 주위에 무형의 호신막을 설치했다.

실체가 없는 신령인 수노지만 공격할지도 모른다고 생각한 것이다.

그 상태에서 강도는 날카롭게 주변을 스캔했다.

그런데 없다.

두 번 세 번 거듭해도 실내에서는 수노의 신령이 감지되지 않았다.

스캔의 범위를 더 넓혔다.

수노의 신령이 어딜 가더라도 강도에게서 벗어날 수는 없다.

강도는 무형막 밖으로 이어심기에 트랜스폰 전파를 실어서 쏘아 보내 스캔을 멈추지 않았다.

다비드와 애인은 후배위 자세 그대로 멈춰서 굳어 있고 강도의 스캔은 계속됐다.

"왜 그러세요?"

그때 강도의 팔을 꼭 잡아 가슴에 안고 있는 음브웨가 조용한 목소리로 물었다.

강도는 스캔하는데 방해되어서 대꾸하지 않았다.

"무엇 때문에 저를 공격하시는 거죠?"

"……."

음브웨의 뜬금없는 말에 강도는 흠칫해서 스캔을 멈추고 그녀를 쳐다보았다.

음브웨가 조금 전과 다름없는 해맑은 모습으로 그를 말끄러미 바라보고 있었다.

"저는 애타게 신군님을 찾고 있었는데 당신은 어째서 만나자마자 저를 공격하시는 건가요?"

음브웨 특유의 약간 혀 짧은 말투지만 강도는 뭔가를 감지했다.

―너⋯⋯.

강도는 수노의 신령이 음부웨에게 침투했다고 판단했다.

그가 음브웨를, 아니, 음브웨에게 침투한 수노의 신령을 제압하려고 이어심기를 발출하려는 찰나 갑자기 정신이 멍해지면서 몸이 마비되었다.

―수노⋯ 너⋯⋯.

강도는 자신의 정신이 수노에게 제압당했다는 사실을 깨달았다.

조금 전 다비드를 제압하고 나서 그의 머릿속에 수노의 신령이 없다는 사실을 깨닫는 즉시 호신막을 설치했지만 그 전에 수노의 신령이 음브웨에게 침투했던 것이다.

강도는 음브웨를 쳐다보는 자세로 몸이 굳어버렸으며 얼굴에는 놀라움과 분노가 얽혀 있었다.

음브웨가 사랑스러운 눈빛으로 말했다.

"저는 수노가 아니라 본대비제라고 말씀드렸을 텐데요?"

다비드의 뒤통수에 웅크리고 있던 보석처럼 반짝이는 것은 수노, 아니, 본대비제가 틀림없었다.

또한 본대비제는 순간적으로 무방비 상태인 강도의 정신에 스며들어 와 그가 어떻게 해볼 겨를도 없이 정신을 제압하고 스캔해 버렸다.

그래서 본대비제는 강도가 절대신군이라는 사실과 청평에 서 현천자 구인겸의 둘째 제자인 태청으로 변신해서 자신에 게 접근했었던 사실을 알아버렸다.

본대비제는 강도의 정신을 제압했지만 그가 자신의 의지에 따라서 말을 할 수 있도록 해주었다.

"이봐, 내가 너의 부하냐?"

기왕지사 이렇게 된 것 강도는 본론으로 들어갔다.

"아닙니다. 제가 당신의 부하입니다."

"그럼 나는 누구냐?"

"당신은 저의 파드로네(Padrone)이시며 전지전능하신 디 오(Dio)이십니다."

"그게 뭐냐?"

"파드로네는 주인이고 디오는 조물주라는 뜻입니다."

"헛소리!"

강도는 원래 삼맹의 부맹주들이 하던 말 즉, 자신이 본대비 제의 상전이라는 말을 믿지 않았지만 방금 그가 한 말은 더욱 믿지 않았다.

　그야말로 열흘 삶은 호박에 이빨도 들어가지 않을 헛소리에 불과하다.

　"아아… 신군님, 저의 파드로네시여……!"

　본대비제가 탄식을 터뜨렸다.

　"당신께서 원상태로 돌아가시려면 저를 당신의 머릿속으로 받아들이셔야 합니다."

　"……."

　"마음을 열어주십시오, 파드로네시여."

　"……."

　강도는 한 줄기 전율이 등줄기로 흐르는 것을 느꼈다.

　무엇인지 정확하게는 모르겠지만 본대비제가 아직 강도의 정신을 완전히 장악하지는 못한 것 같았다.

　본대비제의 말에 의하면 강도가 원상태로 돌아가려면 본대비제의 신령을 강도의 머릿속으로 받아들여야 한다고 했다.

　원상태가 무엇인지는 중요하지도 않고 알고 싶지도 않다.

　그렇게 하기 위해서 본대비제는 강도더러 마음을 열어달라고 요구했다.

　그건 또 무슨 소린가?

　정신과 마음.

　"아아… 파드로네시여… 저를 의심하지 마십시오. 저는 당신의 종입니다. 예전처럼 저를 받아들이셔야 당신께선 진정한 디오가 되실 겁니다."

'예전처럼?'

강도는 속으로 중얼거렸다.

"그렇습니다. 예전에 저 본대비제는 당신 파드로네의 스피리토(Spirito)였습니다. 제가 파드로네의 정신으로 들어가야지만 포르차(Forza)를 회복하실 수 있습니다."

'이놈, 아직도 내 생각을 읽고 있다.'

'파드로네시여, 제가 당신의 정신을 읽는 것이 중요한 게 아닙니다.'

강도는 더 이상 생각하지 않으려고 애써서 곧 무념(無念)의 상태가 됐다.

오랜 수양을 통해서 무념무상의 경지에 도달하는 것은 그리 어렵지 않은 일이다.

음브웨는 몹시도 간절한 표정을 지었다.

"마계와 요계는 모든 준비를 마쳤습니다. 그들은 인류를, 아니, 한국을 통째로 몰살시키려는 계획을 이미 실행에 옮겼습니다. 단언하건데 당신께서 저를 받아들이시지 않으면 한국은 한 달 안에 전 국민이 마계와 요계에게 깡그리 도살당할 것입니다."

그때 전혀 예상하지 못했던 일이 일어났다.

본대비제의 간곡한 말에, 아니, 그가 말하는 내용에 강도의 마음이 조금 흔들렸다.

어쩌면 본대비제의 말이 사실일지도 모른다.

강도가 절대자이며 디오인지 뭔지 그런 건 모르겠지만 본대비제의 말을 무조건 무시할 게 아니라 차분하게 들어볼 만한 가치가 있는 것 같았다.

"네가 나의 스피리토였다고? 그리고 포르차는 뭐냐?"

"저는 당신의 정신의 한 부분입니다. 스피리토가 신령이라는 뜻이고 포르차는 능력입니다. 당신께서 저와 포르차를 회복하시면 비로소 전지전능의 디오가 되십니다."

"그러면 마계와 요계를 물리칠 수 있는 건가?"

"물론입니다."

"물론이라……."

강도는 호신막을 걸고 침대에서 멀지 않은 소파에 음브웨와 마주 보고 앉았다.

강도는 음브웨를 똑바로 주시했다.

"나를 믿게 하려면 내 머릿속에서 나가라."

"그럴게요."

강도는 아무런 느낌도 받지 않았다.

그래서는 본대비제의 신령이 머릿속에서 나갔는지 아닌지

알 수가 없다.

졸지에 본대비제의 숙주가 된 음브웨는 여전히 아름다운 모습으로 말끄러미 강도를 바라보고 있다.

그녀는 자신의 머릿속에 본대비제의 신령이 들어와 있는 줄 모르는 것 같았다.

"나왔어요."

음브웨가 방울 소리처럼 말했다.

강도가 스스로의 머릿속을 스캔해 보니까 이물감이 느껴지지 않았고 생각이 원활했다.

그는 속으로는 바싹 긴장했고 또 언제라도 출수(出手)할 만반의 준비를 갖춘 상태에서 음브웨를 주시했다.

"자, 이제 나를 이해시켜라."

본대비제는 사람처럼 생각한다든지 고민, 갈등하는 법 없이 항상 준비된 것처럼 즉각 말했다.

"무엇이 궁금하세요?"

"전부."

음브웨는 눈을 깜빡거렸다.

"그럼 처음부터 설명할게요."

지구의 모든 환경과 피조물들을 일일이 손수 만든 신들이 있었다.

그 신들의 이름은 디오, 이슈텐, 뭄바라고 한다.

물론 그것은 후세에 인간들이 붙인 이름이다.

신들끼리는 언어가 필요하지 않았다.

서로 감응(感應)하기 때문이다.

이 신들은 최초에는 서로 친해서 사이좋게 피조물들을 함께 창조하고 관리했으나 세월이 흐르면서 충돌이 빈번하게 일어났다.

충돌의 원인은 소유욕 때문이었다.

지구는 하나뿐인데 신은 셋이기 때문에 다툼이 일어날 수밖에 없었다.

신들은 지구와 피조물들을 온전하게 자신의 소유로 삼기를 원했으며, 자신이 지구를 지배, 아니, 자신만의 색깔로 채색하기를 원했다.

결국 삼신(三神)은 지구를 놓고 일대결전을 벌였다.

그 결과 디오가 쓰디쓴 신승(辛勝)을 거두었다.

싸우기 전에 약속했던 대로 이슈텐과 뭄바는 지구에서 종적을 감췄다.

그때부터 혼자 남은 디오는 지구를 통치하면서 환경과 그때그때 시기, 필요에 따라서 피조물들을 창조했다.

언젠가부터 무언가 부족하다는 사실을 느끼고 있던 디오는 피조물들 중에 마지막으로 하나를 더 창조했다.

그것이 바로 자신의 외모를 꼭 빼다 박은 인간이었다.

그렇게 유일신(唯一神) 디오는 자신이 창조한 피조물들과 함께 평화로운 나날을 보냈다.

그러나 싸움에서 패했던 두 신 이슈텐과 뭄바는 지구를 떠난 것이 아니었다.

그들은 디오의 시야가 미치지 않는 곳으로 숨어들었다.

이슈텐은 지저세계 깊숙이, 그리고 뭄바는 지구의 이면세계(裏面世界)인 페르다우 외방계에서 죽은 듯이 조용히 침묵하며 지냈다.

그렇지만 그들은 아무것도 하지 않은 게 아니었다.

디오에게의 복수를 꿈꾸던 그들은 상처 입은 몸으로 두 번에 걸쳐서 지구에 거대한 대빙하기를 일으켰다.

그러고는 디오가 마지막으로 창조한 인간들 중에 꽤 많은 수를 지저세계와 외방계로 유인했다.

민족의 대이동이었다.

지저세계와 외방계로 이동한 인간의 수가 각각 수십만 명에 달했다.

그렇게 꽤 오랜 세월이 흘렀다.

지저세계와 외방계에서 절치부심 복수할 날만 고대하던 이슈텐과 뭄바는 복수를 위해서 한 가지 중대한 결단을 내리기에 이르렀다.

이슈텐과 뭄바가 동맹을 맺은 것이다.

적의 적은 동지다.

즉, 디오를 공동의 적으로 삼고 있는 이슈텐과 뭄바는 동지인 것이다.

지금으로부터 멀지않은 과거의 어느 날,

이슈텐과 뭄바는 힘을 합쳐서 디오를 급습했다.

원래 삼신 중에서 가장 강한 디오지만 이슈텐과 뭄바의 합공에는 당해내지 못했다.

결국 디오는 매우 엄중한 대미지를 입고 도주했다.

만약 마지막 순간에 이슈텐과 뭄바가 욕심을 부려 서로 싸우지 않았더라면 디오의 운명은 거기에서 종말을 맞이했을 것이다.

디오가 어둠 속으로 도주한 직후에 이슈텐과 뭄바는 지구의 패권을 놓고 대결을 벌였다.

그러나 디오와의 싸움에서 대미지를 입었던 그들은 만신창이가 되어서도 끝내 승패를 가르지 못했다.

그러고는 도주한 디오가 다시 돌아와서 자신들을 공격할까봐 부랴부랴 어둠 속으로 숨어들었다.

결국 삼신의 싸움에서는 아무도 이기지 못했다.

승자 없이 패자만 셋이 생긴 것이다.

그리하여 지구에는 삼신 중에 어느 누구도 없는 일명 '잃어

버린 세대(Lost Generation)'가 찾아왔다.

"내가 디오라는 말이냐?"

본대비제의 간략하지만 긴 설명을 듣고 난 강도가 단단한 자세로 물었다.

"그래요."

강도는 슬쩍 미간을 좁혔다.

"그렇지만 날 무림에 보내고 또 가르친 게 너였잖느냐?"

"아니에요. 당신 자신이었어요."

강도의 내심이 얼굴에 드러나지 않았다.

"내 자신이었다고?"

"확실하지는 않지만 제 추측은 그래요."

"어째서 확실하게 모르는 거냐?"

음브웨는 어깨를 으쓱해 보였다.

"그 모든 일은 당신 파드로네께서 하셨으며 저는 단지 추측만 할 뿐이에요."

"너는 내 정신이지 않느냐?"

음브웨는 고개를 가로저었다.

"아니에요. 저는 파드로네의 정신의 일부분이죠. 아니, 정신이라기보다는 영(靈)이라고 해야 옳아요."

"영?"

음브웨는 빨려들 것 같은 눈빛으로 그를 바라보았다.

"정신과 마음이 같다고 보세요?"

"다르겠지."

"그래요. 그런 식으로 정신과 영은 달라요. 정신은 생각을 하지만 영은 활동을 하죠."

강도는 이 부분이 잘 이해가 되지 않았다.

아까 본대비제는 자신이 디오의 스피리토이며 그것은 정신이라는 뜻이라고 말했었다.

그런데 지금은 정신이 아닌 영이라고 말하고 있다.

그래서 그는 본대비제를 80%까지 믿었다가 신뢰를 70%로 낮추었다.

"계속 얘기해 봐라."

"제 추측을 말씀드리겠어요."

이슈텐과 뭄바의 합공을 받고 엄중한 대미지를 입은 채 도주한 디오는 자신의 거처에 은신했다.

건재할 때의 20% 능력으로 추락한 디오는 원상회복을 위해 애쓰는 한편 자신의 영인 본대비제를 세상으로 내보내 이슈텐과 뭄바의 동향에 대해서 알아오도록 지시했다.

얼마 후 본대비제는 이슈텐과 뭄바가 각각 지저세계와 외방계의 인간들로 하여금 현 세계의 인간들을 공격하려 한다는 보고를 갖고 돌아왔다.

디오는 지저세계를 마계, 외방계를 요계라고 규정했다.

그리고 디오는 고심 끝에 한 가지 묘책을 실행에 옮겼다.

자신이 직접 과거의 무림으로 가서 쟁쟁한 무림 고수들을 규합하여 천하무림을 일통시키는 것이다.

자신이 원상태로 회복하려면 오랜 세월이 걸리기 때문에 편법을 이용하려는 것이다.

즉, 무림을 일통해서 막강한 무림 고수들을 현 세계로 데려와서 마계와 요계를 무너뜨린다는 계획이다.

그렇게 디오는 정신과 육체가 건강한 젊디젊은 청년으로 변신하여 과거의 무림으로 갔다.

그 전에 디오는 현 세계에 본대비제와 포르차를 남겨두었다.

나중에 디오가 돌아오면 활동하게 될 발판을 준비하려는 것이고, 마계와 요계를 감시, 경계하려는 목적이었다.

"너는 현천자의 사부가 너였다고 나한테 직접 말했었다."

"당신께서 현천자의 둘째 제자인 태청인 줄 알고 둘러댄 거예요. 태청에게 사실대로 말할 순 없잖아요."

강도는 짚이는 게 있었다.

"그럼 수노는, 아니, 너는 처음부터 무림에 없었던 것이냐?"

"그래요."

"그렇다면 무림에서 모두에게 무공을 가르친 건?"

음브웨는 당연하다는 듯 배시시 미소 지었다.

"당신이셨죠."

"내가 모두를 가르쳤다고?"

지금까지 본대비제의 설명은 꽤나 설득력이 있었다.

그렇지만 강도의 의문을 깨끗이 충족시켜 주지는 못했다.

그는 강도가 디오라고 주장하는데 그걸 입증하지 못하고 있는 것이다.

그리고 강도가 자기 스스로에게 무공을 가르쳤다는 것도 설득력이 떨어졌다.

"그런데 어째서 그런 기억이 없는 거지?"

음브웨가 처음으로 움찔했다.

"기억이 없나요?"

강도의 눈빛이 날카로워졌다.

"네가 내 영이라고 했지?"

"그래요."

"그렇다면 내가 널 제압해도 되겠구나."

"……"

음브웨가 처음으로 대답을 하지 않았다.

그리고 표정이 굳어졌다.

강도는 만반의 준비를 갖추고 중얼거렸다.

"널 제압하겠다."

본대비제가 여태까지 한 말들이 다 사실이라면 강도가 제압해도 저항하지 않을 것이고, 사실이 아니라면 그 반대의 반응을 보일 것이다.

강도는 말을 끝내자마자 이어심기의 수법으로 무형강기를 발출하여 음브웨를 감쌌다.

무형이기에 투명하며 이어심기로 발출했기에 어떤 기척도 나지 않았다.

음브웨가 깜짝 놀라서 눈을 동그랗게 떴다.

"아… 주군……."

"……!"

강도는 움찔했다.

음브웨가 그를 '주군'이라고 부르는 것은 제정신이 돌아왔다는 것이다.

즉, 본대비제가 더 이상 그녀의 정신을 제압하지 않는다는 얘기다.

그렇다면…….

강도는 재빨리 자신의 머리를 보호했다.

한 번도 시도해 본 적이 없지만 머리를 보호해야겠다고 마음먹은 순간 그가 진개할 수 있는 것들 중에서 가장 강력한 강기가 머리, 아니, 뇌를 보호했다.

그런데 어느 순간 강도는 머릿속 어느 부분이 갑자기 뜨끔한 것을 느꼈다.

'제압된 건가?'

—당신을 속인다는 것이 역시 쉽지 않군요.

그때 강도의 머릿속에서 잔잔한 울림이 흘렀다.

그것은 말이 아니라 단지 뜻이었다.

강도는 자신이 제압된 것을 깨닫고 맥이 빠졌다.

조금 전에 그가 '너를 제압하겠다'라는 말을 한 게 실수였다.

말보다 행동이 앞서야 했었다.

그가 말을 하는 순간 본대비제가 찰나지간에 선수를 쳐버린 것이다.

"넌 본대비제가 아니구나. 누구냐?"

강도가 꼿꼿하게 앉아서 중얼거리는 모습을 보고 음브웨는 깜짝 놀랐다.

—나는 뭄바의 영 말라이카(Malaika)라고 합니다.

강도는 미간을 찡그렸다.

"뭄바의 영 말라이카?"

"아!"

강도의 말을 듣고 음브웨가 소스라치게 놀랐다.

"우리 와다무의 신 뭄바의 수호령 말라이카를 주군께서 어떻게 알고 있죠?"

"음⋯⋯."

강도는 신음 소리를 내뱉었다.

여태껏 디오의 영 본대비제로 행세하면서 강도를 속였던 게 디오의 적신(敵神) 중 하나인 뭄바의 영, 아니, 수호령이라는 말라이카였다.

─제가 당신 디오의 행적에 대해서 그 정도로 알고 있는 것도 대단하지 않습니까?

"말라이카, 너는 나를 여전히 디오라고 착각하는구나."

─당신은 디오가 분명합니다.

강도는 자신이 너무나 어이없게 당했다는 사실에 그저 허탈할 뿐이다.

음브웨는 몹시 놀라서 눈을 동그랗게 뜨고 강도를 뚫어지게 주시했다.

─당신이 디오가 아니라면 당신의 몸과 정신, 마음까지 완벽하게 제압했을 것입니다. 그렇지만 당신이 디오라서 이렇게 당시의 정신 한 귀퉁이에 간신히 붙어 있을 뿐입니다.

강도는 학습을 하고 있는 중이다.

그는 말라이카가 아까하고 마찬가지로 자신을 완전히 제압하지 못했음을 알았다.

─디오 당신은 당신의 영인 스피리토를 찾아야지만 완전체가 될 수 있습니다. 현재의 당신은 디오가 분명하지만 반신반

인(半神半人)일 뿐입니다.

강도는 말라이카를 통해서 정보를 얻고 그것으로 학습을 해야 한다고 생각했다.

하지만 그는 그 생각을 머릿속에 급히 만든 무념의 방 안에서 했기에 말라이카에게 감지되지 않았다.

"스피리토는 어디에 있느냐?"

—어딘가에 있겠죠. 만약 스피리토가 현 세계에 있다면 당신과 교감했을 것입니다. 하지만 그러지 못하는 걸 보면 당신의 스피리토는 현 세계에 없는 것이 분명합니다. 아니면 이슈텐에게 제압됐을지도 모르지요. 당신의 생각을 읽지 못하게 했군요. 과연 디오이십니다. 그러나 저는 절대로 포기하지 않습니다.

강도는 말라이카가 생각을 읽지 못하는 것을 확인했다.

그렇지만 말라이카가 강도의 다른 것들을 제압, 조종할 수 있는지가 궁금했다.

—당신은 디오가 분명하지만 지금은 완전체가 아니라서 분명히 허점이 있을 겁니다. 저는 그걸 찾아내서 당신을 완벽하게 제압하겠습니다.

말라아키가 선전포고를 했다.

강도는 침묵을 지키면서 말라이카가 되도록 많은 말을 하게 만들었다.

그것으로 조금씩 학습을 할 수 있기 때문이다.

그런데 그런 강도의 생각을 읽었는지 아니면 예상을 했는지 갑자기 말라이카가 말이 없어졌다.

"……."

그리고 강도는 어느 순간 정신을 잃었다.

아니, 분명히 정신은 있는데 제정신이 아니다.

말라이카는 여러 가지 방법을 두루 써봤지만 디오의 정신을 장악하지 못했다.

소파에 앉아 있는 음브웨는 맞은편에 꼿꼿한 자세로 앉아서 눈을 부릅뜨고 있는 강도를 걱정스러운 표정으로 바라보고 있었다.

그녀가 보기에 강도는 몹시 아픈 것 같았다.

말라이카가 강도를 완전히 장악하려고 전념하는 동안 호텔 객실 내에는 고요한 침묵이 흘렀다.

침대에는 다비드와 그의 아름다운 애인이 여전히 후배위의 음부를 결합한 자세로 굳어 있다.

그들은 움직이지도 말을 하지도 못하는 상태지만 정신은 멀쩡하기에 강도와 말라이카의 대화를 들으면서 속이 뒤집어질 지경이다.

음브웨는 강도에게 무슨 일이 있는 건 분명한데 그게 뭔지 모르기 때문에 도울 수도 없는 처지가 안타까웠다.

—음브웨…….

그때 음브웨의 머릿속에서 무슨 소리가 들렸다.

목소리가 아니라 그냥 뜻이 전해지는 것이다.

하지만 음브웨는 반사적으로 그게 강도가 전하는 것이라고 판단했다.

—아무 말 하지… 말고… 나를… 공격해라…….

음브웨는 놀라서 눈을 크게 떴다.

강도는 아무리 발버둥 쳐도 말라이카에게서 벗어나지 못하자 뭔가 새로운 방법을 시도해야겠다고 생각했다.

그렇지만 말라이카에게 절반쯤 제압된 현재 상태에서 그가할 수 있는 것은 아무것도 없다.

그래서 변화를 주려는 것이다.

음브웨가 강도를 공격하면 말라이카가 어떤 반응을 보일 텐데 그때 무슨 수를 내자는 계획이다.

지금 강도는 그 정도로 절박한 상황이다.

말라이카가 말한 대로 강도가 디오라면 비록 대미지를 입었다고 해도 전지전능까지는 아니더라도 이런 나약한 상태는 아니어야 한다.

지금 강도는 디오라기보다는 인간 쪽에 훨씬 가깝다.

인간으로서 가장 높은 곳까지 올라간 강도지만 결국에는

인간이다.

그러므로 대미지를 입어서 다 죽어가는 신의 발가락에도 못 미칠 것이다.

그와아아아아―

그때 느닷없이 강도의 머릿속에서 굉장한 소리가 들리기 시작했다.

거대한 드릴로 철문을 뚫는 것 같기도 하고 로켓이 분사하는 소리 같기도 했다.

강도의 눈이 점점 커지고 입이 벌어졌다.

이런 고통은 생전 처음이다.

이건 육체적인 고통이 아니라 온몸의 신경이란 신경이 모조리 조각나는 것 같다.

비명도 나오지 않는 상황에서 강도는 이게 말라이카가 닫혀 있는 강도의 정신을 뚫고 있는 소리라고 직감했다.

―음브웨… 으으… 어서…….

음브웨는 자신의 몸에 축적되어 있는 에너지를 모아 어떻게 할 것인지 망설이다가 강도의 다급한 생각이 전해지자 그대로 강도를 향해 쏘아냈다.

비이움―

푸르고 붉은 번갯불 같은 빛이 그녀의 몸에서 폭발하듯이 뿜어졌다.

외방계 고위 전사인 우쭈리가 지니고 있는 에너지를 현 세계에서는 플라즈마(Plasma)라고 부른다.

빠자자작—

플라즈마가 강도의 가슴에 정통으로 적중되더니 몸속으로 흡수됐다.

플라즈마가 인간의 몸에 적중되면 몸으로 흡수되어 모든 장기와 내장 기관을 소멸시켜 버린다.

음브웨는 플라즈마를 강도에게 적중시켜 놓고서도 그가 잘못될까 봐 전전긍긍했다.

좌아아아—

뒤이어 강도의 온몸에서 흡수됐던 플라즈마가 뿜어졌다.

음브웨가 플라즈마를 뿜어내고 강도의 가슴에 적중됐다가 흡수되고 다시 쏟아져 나올 때까지 걸린 시간은 0.0001초에 불과했다.

음브웨는 강도가 죽었을지도 모른다는 생각에 눈도 깜빡이지 않고 그를 주시했다.

강도는 음브웨의 플라즈마에 적중되는 순간 정신을 뚫어대던 말라이카의 공격이 멈춘 것을 인지했다.

그 순간 강도는 어떤 말도 안 되는 생각을 떠올렸고 즉시 그것을 실행에 옮겼다.

말라이카를 머릿속에서 방출하는 것과 동시에 모습이 없는 그에게 모습을 씌워야겠다고 마음먹었다.

무슨 방법으로 그렇게 할 것인지에 대해서는 생각할 겨를이 없다.

다만 그 찰나지간에 그는 만약 그게 가능하다면 자신이 디오일지도 모른다고 생각했다.

구웅…….

다음 순간 강도는 갑자기 눈앞이 환해지는 것을 느꼈다.

그와 동시에 전면 허공에 한 마리 은빛의 커다란 새가 떠 있는 것을 발견했다.

이마에 외뿔이 솟은 유니콘 같은 머리에 두 팔이 있으면서도 3m에 달하는 커다란 날개를 펼치고 있으며, 다리는 없는 대신에 고래 같은 지느러미 꼬리를 지니고 있는 해괴한 모습이다.

음브웨가 그것을 보고 혼비백산해서 비명을 지르는 것과 강도에게서 찬란한 금색의 빛기둥이 뿜어진 것은 동시에 벌어진 일이다.

"말라이카!"

두움!

강도가 무림에서 연마한 것들 중에 최고절학인 초절신강이 말라이카에게 적중되며 큰 북소리를 냈다.

강도의 초절신강은 가공할 충격을 주기는 하지만 빛을 쏘인 것 같아서 말라이카는 그 자리에서 바닥으로 뚝 떨어졌다.

말라이카는 피 같은 건 흘리지도 않았고 그저 엎드린 자세로 날개를 퍼덕였다.

강도는 보이지 않는 무형의 줄로 말라이카를 꽁꽁 묶었다.

조금 전 음브웨가 플라즈마로 공격했을 때 강도는 말라이카를 머릿속에서 방출하고 또 그의 모습을 형상화시킬 수 있다면 자신이 디오일지도 모른다고 생각했었다.

그런데 과연 원했던 대로 되었기 때문에 그는 어쩌면 자신이 디오일 가능성을 전혀 배제할 수 없게 되었다.

강도는 이슈텐이나 뭄바, 디오 같은 허무맹랑한 얘기를 이제는 믿지 않을 수가 없게 되었다.

지금까지 말라이카가 했던 얘기는 몇 가지만 빼고 전부 사실일 것이다.

"뭄바는 어디에 있느냐?"

그러나 말라이카는 입을 굳게 다물고 있었다.

파즈즈즛…….

"끄으으……."

말라이카에게서 전자파 같은 것이 번뜩이더니 그가 자지러지는 신음 소리를 냈다.

"끄으으… 감마선을……."

뭄바의 수호령 말라이카에게 고통을 줄 수 있는 것이 감마선이라는 사실을 강도는 알지 못했다.

하지만 입을 다물고 있는 그에게 고통을 줘야겠다고 생각하는 순간 감마선이 그를 엄습했다.

또한 감마선이 강도에게서 비롯되었는지 아닌지 그건 알 수가 없다.

"뭄바는 어디에 있느냐?"

"으으… 페르다우 카스리(Kasri)에 계십니다……."

음브웨는 이제 말라이카의 모습을 볼 수가 있게 되었다.

그녀는 말라이카의 말을 듣고 부르짖듯이 외쳤다.

"카스리는 페르다우 외방계의 뭄바의 성전이에요!"

강도는 여전히 소파에 앉은 채 물었다.

"뭄바가 무엇 때문에 널 내게 보낸 것이냐?"

강도는 아직 자신이 디오라는 확신이나 느낌 같은 것이 없지만 반드시 짚어야 할 것이기에 물었다.

"마카다라(Makadara)께서는 제가 디오께 온 사실을 모르십니다."

음브웨가 급히 설명했다.

"마카다라는 전지전능하신 뭄바라는 뜻이에요."

강도는 눈살을 슬쩍 찌푸렸다.

"네가 온 걸 뭄바가 모른다고?"

"저는……."

말라이카는 눈을 감았다.

정수리의 외뿔은 유니콘 같지만 얼굴은 양처럼 생긴 그는 눈을 감은 채 중얼거렸다.

"일어나서 말씀드리겠습니다."

스으…….

그의 말이 끝나자마자 그의 몸이 스르르 일으켜져서 강도를 향해 우뚝 선 자세가 되었다.

일어서겠다는 말에 강도가 무형의 줄을 약간 풀어준 것이다.

그는 강도를 보면서 공손한 자세를 취했다.

"저를 죽이실 겁니까?"

"그렇다."

죽인다는데 말라이카는 아무런 변화도 반응도 없다.

"그럼 말씀드리겠습니다."

음브웨는 요족 와다무들과 태초부터 함께해 왔으며 30만 년에 걸쳐서 불과 몇 사람만이 목격했다는 말라이카를 바로 코앞에서 보며 숨까지 멈춘 상태다.

"제가 여기에 온 것을 마카다라께선 모르십니다."

"뭄바가 모른다?"

"그렇습니다."

"그게 가능한 일이냐?"

말라이카는 한 개인이 아니다.

몸과 정신과 능력이 모여서 한 인간이 되듯이 신도 마찬가지다.

그런데 뭄뱌의 영인 말라이카가 주인 모르게 디오에게 접근했다는 것이다.

"마카다라께서 제게 제한적 자유를 주셨습니다."

"제한적 자유?"

"지난번 전쟁에서 마카다라께서 큰 대미지를 입으셨기 때문에 페르다우 카스리에서 은둔하고 계십니다. 그렇지만 바깥 세상이 염려가 되셔서 저에게 제한적 자유를 주어 몇 가지 일들을 도모하라고 명령하셨습니다."

강도는 말라이카가 비록 적의 수호령이지만 말을 하지 않으면 않았지 일단 말을 뱉으면 거짓말을 하지 않는다는 사실을 알게 되었다.

"그러니까 네가 본대비제 행세를 한 것도 순전히 너의 생각이라는 것이냐?"

"그렇습니다."

"이유가 뭐냐?"

"그것은……"

"고통을 한 번 더 느끼고 싶다는 거로군."

말라이카는 움찔 놀랐다.

"우린 독자적인 계획을 세웠습니다."

"무슨 계획이냐?"

말라이카의 몸이 떨리고 얼굴이 일그러졌다.

"삼신을 배제한 평화입니다."

"뭐라?"

"그는 그것을 일루미나티라고 불렀습니다."

"일루미나티?"

강도는 조금 어이없는 표정을 지었다.

극심한 대미지를 입은 뭄바에게서 제한적 자유를 부여받은 말라이카가 독자적인 계획을 세웠다.

그 계획이라는 것이 '삼신을 배제한 평화'이며 그것을 '일루미나티'라고 부르는데, '그'가 그렇게 불렀다는 것이다.

또한 말라이카는 '우리'라는 말을 했다.

"그가 누구냐?"

투우…….

그때 갑자기 말라이카의 몸에 거미줄 같은 가느다란 금이 가기 시작했다.

강도는 흠칫했다.

그리고 아까 자신의 머릿속에 있던 말라이카를 방출하고 또 형상화한 능력이 사라지고 있음을 감지했다.

투우우…….

말라이카 정수리의 외뿔이 부러지고 커다란 날개가 조각나고 있었다.

강도는 반사적으로 손을 뻗었다.

비유움—

그의 손에서 더할 수 없이 강력한 초절신강이 뿜어졌다.

콰차창!

말라이카가 초절신강에 적중됐는지 어쨌는지 하여튼 그는 벽을 뚫고 호텔 밖으로 퉁겨 날아갔다.

강도는 뚫어진 벽을 통해서 말라이카를 추격했다.

그가 바깥으로 쏘아 나갔을 때 말라이카가 완전히 가루로 화해서 바람에 흩날리고 있었다.

강도는 가루가 말라이카일 거라고는 생각하지 않았다.

재빨리 주위를 둘러보았지만 말라이카라고 생각할 수 있는 모습은 보이지 않았다.

호텔 밖 허공에 떠 있는 강도는 딱딱하게 굳은 얼굴로 나직하게 중얼거렸다.

"일루미나티라고?"

강남 엔젤그룹 본사 앞에 검은색 재킷에 청바지를 입은 강도가 모습을 나타냈다.

강도가 이곳에 온 이유는 엔젤그룹 본사에 둥지를 틀고 있는 마계 아지트를 쓸어버리기 위해서다.

어제 강도는 질풍대 3팀장 공명에게 엔젤그룹을 조사하라고 명령했었다.

그런데 한 시간 전에 공명의 보고가 있었다.

"뭔가 음모를 꾸미고 있는 것 같습니다. 마족 수백 명이 우글거립니다."

그것만으로도 강도가 이곳에 온 이유로는 충분하다.

강도 좌우에는 질풍대장 태청과 음브웨가 서 있다.

[가자.]

강도의 말에 세 사람은 엔젤그룹 본사 정문을 향해 똑바로 걸어갔다.

제28장
전쟁 발발

　강도를 비롯한 세 사람은 정문으로 들어가고 있지만 이미 질풍대 제1팀과 제2팀 99명이 이동간으로 엔젤그룹 본사 안에 잠입해 있다.

　조금 전에 강도는 질풍대원들에게 단 하나의 짧은 명령을 내려두었다.

　"마족은 깡그리 죽여라."

　질풍대원들은 마족을 제압하는 방법을 모른다.

　그렇기 때문에 마족이나 요족과 마주치면 죽여야만 한다.

　더구나 강도는 마족을 용서할 마음이 추호도 없다.

저벅저벅……

강도를 비롯한 세 사람이 엔젤그룹 본사 정문을 통과하는 발소리가 유달리 크게 울렸다.

질풍대원들은 마족을 식별하기 위해서 투반경을 착용하지 않았다.

질풍대원 전원에게 강도가 생사현관을 소통시키고 일신결계를 쳐주면서 맨눈으로 마족과 요족을 단번에 알아볼 수 있는 특별한 안력(眼力)을 만들어주었다.

엔젤그룹 본사는 총 35층이다.

강도와 음브웨는 회장실이 있는 35층으로 직행할 것이다.

그리고 태청이 이끄는 질풍대 제1팀이 1층에서부터 17층까지, 태광의 제2팀이 18층에서 34층까지 청소를 하면서 올라온다는 계획이다.

강도는 뭄바의 수호령인 말라이카에게서 꽤 많은 정보를 얻었다.

그중에서 강도의 관심을 가장 크게 끈 것은 두 가지다.

하나는 마계와 요계가 한 달 안에 대한민국을 깡그리 몰살시킨다는 것.

또 하나는 말라이카를 비롯한 누군가가 일루미나티라는 별개 조직을 형성했다는 사실이다.

둘 다 사실이라면 매우 중요한 정보다.

그리고 지구에 중대한 위협이다.

그러나 마계와 요계가 한 달 안에 대한민국을 몰살시킬 거라는 사실보다 더 중요한 일은 없다.

말라이카가 강도에게 겁을 준 것일 수도 있지만 강도가 겪어본 말라이카는 쓸데없는 말을 하지 않았다.

특히 디오 앞에서는 더욱 그럴 것이다.

그러므로 그의 말은 사실일 확률이 높다.

말라이카가 누군가와 결탁하여 자신의 주인인 뭄바도 모르게 '삼신을 배제한 평화 조직' 일루미나티를 만들었다는 사실은 그 무엇과도 비할 수 없을 만큼 중요한 일이다.

말하자면 일루미나티는 삼신 디오, 이슈텐, 뭄바를 적으로 삼을 수도 있다는 것이다.

그것은 명백한 제3의 세력이 될 가능성이 크다.

그렇지만 지금 급선무는 대한민국을 몰살시키려는 마계와 요계의 음모를 분쇄하는 일이다.

스으……

강도와 음브웨는 맨 꼭대기 35층 복도에 이동간으로 나타났다.

복도는 폭이 꽤 넓었으며 중간쯤에 큼직한 안내 데스크가 있는데 데스크라기보다는 하나의 부서를 통째로 옮겨놓은 것처럼 규모다.

데스크에는 예쁘고 늘씬한 여사원 3명이 나란히 앉아서 업무를 보고 있으며 그녀들은 인간이다.

아마도 회장실 여비서일 것이다.

그 뒤쪽은 마치 하늘에 떠 있는 조기 경보기 기내를 통째로 옮겨놓은 것 같은 구조로 돼 있다.

양쪽 전자 기기와 모니터 앞에 남녀 8명이 앉아 제 할 일에 열중하고 있는 모습이다.

데스크의 여자들 중에 한 명이 이쪽으로 걸어오고 있는 강도와 음브웨를 보고 조금 놀라는 표정을 지었다.

똑같이 검은색의 재킷과 청바지를 입은 준수하고 아름다운 강도와 음브웨의 복장이 이곳과 어울리지 않고 또 처음 보는 얼굴이기 때문이다.

그렇지만 여사원은 본분을 잊지 않고 강도를 보며 상냥하게 말했다.

"무슨 일로 오셨습니까?"

"회장님 계신가요?"

음브웨는 여사원보다 더 상냥하게 물어보면서 눈으로는 데스크 안쪽을 재빠르게 훑었다.

데스크의 여사원 3명은 인간이고, 뒤편 양쪽 복잡한 기기와 모니터 앞에 앉은 남녀들 중에서 끄트머리에 3명, 그리고 가장 안쪽 음브웨와 마주 보는 의자에 앉아서 책상 모니터의 영상통화를 하고 있는 자까지 4명이 마족이다.

여사원이 음부웨를 보면서 물었다.

"회장님과 약속하셨습니까?"

여사원은 음부웨의 상체에서 뭔가 흐릿하게 반짝이는 것을 보았지만 재킷의 지퍼나 장식이 불빛에 반사된 것이라고 생각했다.

그러나 사실 그것이 음브웨에게서 발출된 플라즈마가 중간에 네 줄기로 나누어져서 뒤쪽 4명의 마족에게 쏘아가는 것이라고는 여사원은 죽었다가 깨어나도 모를 것이다.

데스크 뒤편의 4명은 책상에 앉아 있는 자가 마계 7위 빙악이고 3명은 8위 귀부와 귀매들이라서 음브웨의 플라즈마를 절대로 피하지 못했다.

그렇다고 뒤편 4명의 마족들 머리가 날아가거나 팔다리가 잘라진 것이 아니라 그들은 하던 자세 그대로 그저 가만히 앉아 있었다.

플라즈마는 발출될 때나 적중될 때 일체 소리도 나지 않을뿐더러 적중되는 순간 체내의 장기와 내장을 통째로 증발시켜 버리기 때문이다.

강도와 음브웨가 데스크 옆 복도를 따라서 안으로 걸어갔지만 데스크의 세 여자는 보면서도 제지하지 않았다.

그녀들은 강도의 이어심기에 의해 이미 제압된 상태다.

강도와 음브웨가 회장실 입구 두 걸음 앞에 이르자 문이 저절로 안으로 활짝 열렸다.

스르……

누가 열어준 것이 아니라 강도의 잠력이 그렇게 했다.

강도와 음브웨는 거침없이 안으로 들어섰다.

테니스장 크기의 넓은 회장실은 한쪽 면 전체와 천장이 온통 유리로 되어 있다.

창을 등지고 커다란 책상이 놓여 있고 옆에는 회의 테이블이 있으며, 한쪽 벽에는 도검과 창 따위의 칼들이 멋들어지게 진열되어 있었다.

실내에는 엔젤그룹 회장 윤종찬을 비롯한 20여 명이 한쪽에서 우글거리며 모여 있는데 뭐에 정신이 팔렸는지 강도와 음브웨가 들어온 것도 모르고 있다.

회장실에 있는 20여 명 중에서 인간은 5명이고 나머지는 죄다 마족들이다.

음브웨가 플라즈마를 뿜어내려는 것을 강도가 제지하고 모두들 모여 있는 곳으로 다가갔다.

그곳은 회의 테이블의 중간쯤인데 강도가 가까이 다가가자 사람들에 가려서 보이지 않던 광경이 드러났다.

30대 초반의 최고급 양복을 입은 사내 즉, 엔젤그룹 젊은 회장 윤종찬이 앉아 있고, 주위에 인간과 마족 대여섯 명이 섞여서 정면을 쳐다보며 분주하게 얘기를 주고받고 있다.

그리고 다른 정장 사내들은 테이블 양쪽에 두 줄로 늘어앉아서 자신들 앞에 놓여 있는 노트북을 부지런히 두드리고 있는데 그들이 사용하고 있는 노트북은 중간에 어떤 시스템을 거쳐서 전면 벽의 대형 TV로 연결되었다.

강도과 음브웨는 윤종찬 뒤쪽에 서서 전면의 대형 TV를 쳐다보았다.

그런데도 윤종찬과 주위 사람들은 강도와 음브웨를 알아보지 못했다.

그만큼 일에 열중하고 있었다.

대형 TV에는 흡사 서울 지하철 노선을 뒤섞어놓은 것 같은 복잡한 선과 기호, 부호가 여러 색으로 빼곡하게 그려져 있었다.

그때 테이블 맞은편 입구 쪽에 앉은 직원으로 보이는 인간 한 명이 일어나서 윤종찬에게 말했다.

"회장님, 맥주는 스탠바이 중입니다."

윤종찬이 고개를 까딱거렸다.

"출발시켜."

"넵!"

직원은 자리에 앉아서 노트북의 엔터를 눌렀다.

"출고했습니다!"

그는 하지 않아도 될 복명을 큰소리로 외쳤다.

또 다른 직원이 보고했다.

"생수 스탠바이입니다!"

"소주 스탠바이입니다!"

"출발시켜."

"옛써!"

두 직원도 힘차게 엔터를 눌렀다.

실내를 한 차례 둘러본 강도는 자신의 앞에 앉아 있는 최고급 양복의 사내가 엔젤그룹 회장 윤종찬이라는 걸 간파하고는 그의 머릿속을 스캔했다.

'이런 쳐죽일 놈!'

방금 윤종찬이 출발시키라고 한 맥주와 생수, 소주는 모두 엔젤그룹 산하의 공장에서 생산되는 것으로서 기기에는 치사량의 독극물이 들어 있다.

윤종찬은 자사에서 생산되는 맥주와 생수, 소주에 독극물을 섞어서 생산했다.

그리고 맥주와 생수, 소주를 전국에 풀어서 그걸 마시는 불특정 다수를 무차별적으로 독살하겠다는 무서운 계획을 실행에 옮기고 있는 것이다.

그뿐만이 아니다.

전면의 대형 TV에 나타나 있는 지하철 노선도 같은 것은 대한민국 전국 주요 도시를 나타내고 있다.

그런데 윤종찬의 대가리 속에는 대한민국 전국 주요 도시를 차례로 폭파시킬 가공할 계획이 들어차 있었다.

주요 도시들을 어떤 방법으로 폭파시킬 것인지를 알게 된 강도는 기가 막혔다.

마계가 장악하고 있는 지저세계 깊은 곳에서 마그마를 끌어다가 강제로 화산을 분출시키고 지진을 일으킨다는 말도 안 되는 발상이다.

그러나 그 말도 안 되는 발상이 곧 현실로 드러나게 되어 있었다.

바로 이곳 지휘부에서 컨트롤하며 대한민국을 몰살시키는 명령을 내리고 있는 중이다.

화산 폭발이나 지진 같은 것을 인위적으로 일으키는 종족이 바로 마족이라는 데 문제가 있었다.

수십만 년 동안 지저 수십 ㎞에서 생활해 온 마족이라면 충분히 가능한 일이다.

그 사실을 알고 강도는 머리털이 쭈뼛 솟구쳤다.

"그거 중지해라."

"어?"

정수리 위에서 조용한 목소리가 들려오자 윤종찬이 상체를 돌려 강도를 쳐다보았다.

강도는 창을 등지고 있어서 얼굴이 보이지 않고 몸 전체가 검게 보였다.

"너 방금 뭐라고 그랬냐?"

윤종찬이 어이없는 얼굴로 묻자 우뚝 서 있는 검은 실루엣이 차갑게 중얼거렸다.

"방금 전에 네놈이 출발시킨 것 중지하라는 말이다."

"이 새끼가……."

윤종찬은 와락 인상을 쓰며 느릿하게 일어나 몸을 돌려 강도를 쳐다보았다.

그때 강도와 음브웨가 외부인이라는 사실을 알아차린 마족들이 공격할 태세를 갖추었다.

후우웃―

퍼퍼퍼퍼퍽!

그러나 일어서거나 일어서려던 15~16명의 마족들 머리가 한꺼번에 풍선처럼 터져 버렸다.

강도는 구태여 무형강기를 발출하지 않고서도 마족들을 죽이겠다고 마음을 먹는 것만으로 15~16명의 머리통을 박살 내버렸다.

음브웨가 플라즈마로 죽이는 것은 너무 깨끗해서 윤종찬을 겁먹게 하기에 부족할 것 같아 무식한 수법을 썼다.

윤종찬과 인간들은 마족들의 머리가 터져서 허공에 난무하자 너무 경악해서 비명도 지르지 못했다.

"아아……."

윤종찬은 그 광경을 보며 부들부들 떨었다.

안색이 하얗게 질린 그는 강도를 보면서도 하찮은 싸구려 위엄을 잃지 않으려고 애썼다.

"너 이 새끼가……."

콱!

"끄윽……."

아무도 손을 대지 않았는데 윤종찬의 목이 조여지면서 그의 몸이 허공으로 둥실 떠올랐다.

강도는 170㎝ 정도의 윤종찬 얼굴이 자신의 키 높이만큼 떠오르자 굳은 얼굴로 그를 주시하며 말했다.

"방금 출발시킨 것들을 회수해라."

"끄으으……."

노트북 앞에 일어서 있는 5명의 인간들은 공포에 질린 얼굴로 문 쪽을 향해서 주춤주춤 물러나고 있다.

음브웨가 쏜살같이 달려가서 입구 쪽을 막았다.

도망치려던 인간들은 어쩔 줄 모르고 당황했다.

윤종찬은 보이지 않는 그 무엇이 목을 너무 조여서 숨을 쉬는 것은 고사하고 목뼈가 부러질 지경이다.

강도는 그가 말을 못 하자 목을 조금 느슨하게 해주었다.

"끄으으… 너… 누구냐……."

윤종찬은 대그룹의 회장을 맡을 정도이므로 호락호락하지 않았다.

강도가 슬쩍 인상을 쓰는데 음브웨가 끼어들었다.

"너 신 중에 최고의 신 디오라고 들어봤느냐?"

"……."

시뻘게진 얼굴의 윤종찬은 눈을 더 크게 부릅뜨고 강도를 쳐다보았다.

윤종찬이 마계하고 얼마나 밀접한지는 모르지만 그는 '디오'라는 말을 알아듣는 것 같았다.

음브웨가 비웃었다.

"디오께서 명령하시면 오직 따라야 한다."

윤종찬은 눈을 껌뻑거렸다.

강도는 그가 머릿속으로 이리저리 간교한 궁리를 하고 있는 것을 읽었다.

자신의 목이 부러질 지경인데도 머리를 굴리다니 좋은 말로 하면 대그룹의 회장다운 배짱이고, 나쁘게 보면 한 치 앞도 모르는 어리석은 놈이다.

강도는 길게 끌 것 없이 윤종찬의 정신을 제압하고는 그의 목을 놔주었다.

쿵!

"캐액! 캑… 콜록… 콜록……."

윤종찬은 바닥에 내려서자 목이 끊어질 정도로 괴로운 기침을 해댔다.

"어서 중지시켜라."

윤종찬은 기침을 하면서 부하 직원들에게 팔을 뻗었다.

"콜록! 콜록! 커억… 주… 중지해라……."

직원들은 멍하니 서서 강도와 윤종찬을 번갈아 쳐다보았다.

강도가 보기에 직원들도 마족에 동조하는 것 같아서 그들의 정신도 제압해 버렸다.

―당장 중지해라.

강도의 명령이 모두의 머리에서 종처럼 울렸다.

직원들은 일제히 자신들의 노트북 앞에 앉아서 부지런히 키보드를 두드렸다.

타타타다다닥―

5분 정도 분주하던 직원들이 손을 놓고 강도를 쳐다보았다.

―됐느냐?

한 명이 머뭇거렸다.

"전체 복귀는 어려울 것 같습니다."

강도는 미간을 좁히며 육성으로 물었다.

"무슨 이유냐?"

그때 문이 벌컥 열리면서 마족들이 우르르 쏟아져 들어왔다.

질풍대 제2팀이 빌딩 아래쪽에서부터 밀고 올라오니까 회장실에 무슨 일이 발생했을지 모른다는 생각에 몰려온 마족들이다.

비유웃!

문 근처에 있는 음브웨가 마족들을 상대로 플라즈마를 뿜어내는데 워낙 많은 마족이 쏟아져 들어오고 있어서 역부족이다.

마족들은 대부분 귀부와 귀매들이지만 개중에는 7위 빙악과 6위 야도까지 섞여 있었다.

원래 음브웨는 플라즈마를 한번 발출하면 한 템포 쉬어야지만 다시 충전이 된다.

그녀가 연속적으로 플라즈마를 마구 뿜어낼 수 있다면 요계 3위가 아니라 2위 바우만을 능가하는 위력이다.

음브웨는 첫 번째 플라즈마로 마족 5명을 빈껍데기로 만들고는 다시 플라즈마가 생성될 때까지 3초 동안 이리저리 몸을 움직이면서 마족들의 공격을 피했다.

마족들이 쏟아져 들어오고 음브웨가 플라즈마를 발출하기까지 걸린 시간은 1초 남짓에 불과했다.

강도는 음브웨가 마족들의 공격을 피하는 것을 보고 그녀가 플라즈마를 즉시 뿜어내지 못한다는 사실을 깨달았다.

강도가 이어심기로 무형강기를 발출하여 마족들을 죽이려고 할 때 느닷없이 그의 머리 위에 유리로 된 천장이 두 쪽으로 갈라졌다.

콰콰차창!

강도가 급히 위를 쳐다보자 천장의 두꺼운 투명 유리가 박살 나면서 날카로운 유릿조각들이 태풍처럼 그에게 몰아쳤다.

그러나 쏟아져 내리는 유릿조각들은 강도의 무형 호신막에 모조리 퉁겨졌다.

그리고 강도는 그 위에서 눈에 익은 한 자루 장검이 자신을 향해 그어지는 것을 발견했다.

'롱소드!'

그를 공격하고 있는 무기가 롱소드라면 상대는 마계 3위이며 영주인 페헤르외르데그가 분명하다.

강도는 음브웨를 도와줘야 하지만 상대가 페헤르이기 때문에 방심할 수가 없다.

꾸웅!

롱소드가 위를 강타하자 호신막 전체가 쩌르르 울렸고 강도의 몸이 꿀렁 흔들렸다.

강도가 둘러보았지만 페헤르의 모습은 보이지 않았다.

떠엉! 쿵!

강도가 둘러보는 사이에 페헤르의 롱소드가 연달아 두 번 호신막을 때렸다.

강도는 청와대에서 필드빌라그 제16영지의 영주 페헤르와 싸워봤기에 페헤르의 위력을 잘 알고 있다.

'이 자식이 어디에······.'

강도가 둘러보면서 페헤르를 감지하려고 하지만 어디에서도 보이지 않는다.

대신 페헤르의 첫 번째 공격으로 박살 난 유릿조각을 온몸에 꽂은 윤종찬이 고슴도치 같은 모습으로 바닥에 널브러져 있는 게 보였다.

쩌엉!

롱소드가 네 번째 호신막을 강타했다.

그런데 이번에 강타한 소리는 지금까지 하고는 다르다.

파아아—

호신막이 찢어져 나갔다.

쐐애액!

롱소드가 허공을 가르는 파공음이 귀청을 울렸다.

페헤르를 찾으려는 강도의 눈에 두 개의 물체가 들어왔다.

검은 옷을 입은 북유럽의 늘씬한 미남 페헤르가 왼쪽 측면에서 롱소드를 번뜩이면서 강도를 공격해 오고 있다.

그리고 마족 5위 마랑 즉, 렐레크부바르가 휘두르는 붉은 채찍에 음브웨가 얼굴과 상체를 적중당하고 있다.

짜아악!

"아악!"

렐레크부바르의 붉은 채찍이 음브웨의 얼굴과 상체를 갈기고는 두 바퀴 감았다가 풀며 다시 한 번 그녀의 몸을 찢어발겼다.

"아아악!"

팽이처럼 회전하면서 허공으로 던져지는 음브웨의 입에서는 날카로운 비명이, 그리고 몸에서는 새빨간 핏물이 허공에 좍 ㅋ뿌려졌다.

강도는 페헤르의 롱소드가 자신을 공격하고 있는 걸 봤지만 무시하고 음브웨를 재차 공격하고 있는 렐레크부바르를 향해 손을 뻗었다.

음브웨를 공격하는 것은 렐레크부바르만이 아니다.

회장실의 부서진 천장에서 머리를 아래로 한 자세로 쏘아 내리면서 방패 같은 것을 내던지고 있는 마족이 있다.

꽈르릉!

고막을 부술 것 같은 우렛소리가 터졌다.

마족이 천장에서 쏘아 내리며 내던진 방패가 맹렬하게 회전하면서 붉고 새파란 불꽃을 번쩍번쩍 뿜어내는데 굉음이 실내를 가득 메웠다.

빠지지직!

그런데 방패가 회전하면서 뿜어낸 불꽃이 음브웨가 아닌 강도에게 쏘아왔다.

왼쪽에서는 페헤르의 롱소드가, 머리 위에서는 정체를 알 수 없는 마족—괴상한 모습인데 렐레크부바르보다 강한 것 같았다—이 번갯불로 합공을 해오고 있어서 강도는 순간적으로 움찔했다.

삼신 중에서도 가장 강한 신 디오일지도 모르는 강도가 페헤르와 정체불명의 마족 따위의 합공에 당황하고 있다는 자체가 수치스러웠다.

그래도 강도는 음브웨를 향해서 뻗은 손을 거두지 않았다.

퍼억!

집요하게 음브웨를 공격하던 렐레크부바르의 몸뚱이가 강도의 무형강기에 수십 조각으로 찢어지듯이 박살 났다.

부상을 당한 음브웨는 허공중에서 플라즈마를 방출했다.

그걸 보고 강도는 이어심기로 페헤르와 정체불명 마족에게 초절신강을 뿜어냈다.

고오옴!

꽈드등!

폭음이 터지는 중에 강도는 옆구리가 뜨끔한 것을 느꼈다.

그가 초절신강을 발출하기는 했지만 음브웨를 구하다 보니까 제때 대처를 하지 못했는데 그 덕분에 롱소드에 가볍게 찔렸다.

그러나 페헤르와 정체불명 마족은 초절신강에 맞아서 튕겨 날아갔다.

그것으로 죽었을 거라 여기고 음브웨를 도와주려는데 구석에 처박혔던 페헤르가 벌떡 일어나자마자 총알처럼 강도를 향해 돌진했다.

패애액!

정체불명의 마족은 초절신강에 맞아서 피떡이 되고는 천장에 철썩 달라붙어 있는데 페헤르는 어깨가 뭉개진 상태로 잘생긴 얼굴을 분노로 일그러뜨린 채 롱소드를 그어왔다.

"이 새끼를……."

강도는 페헤르의 롱소드에 옆구리를 살짝 찔린 아픔보다는 페헤르 따위에게 당했다는 수치심 때문에 기분이 상해서 그를 잔인하게 짓뭉개고 싶어졌다.

꽈꽈드등!

강도가 페헤르에게 초절신강을 뿜으려는데 머리 위에서 조금 전의 그 천둥소리가 또 터졌다.

뒤쪽에서는 페헤르가 공격하고 전면 머리 위에서 들리는 천둥소리로 미루어봤을 때 조금 전 피떡이 돼서 죽은 정체불명 마족의 합공이다.

강도는 당황하고 있는 자신의 모습을 발견하고 어이없는 실소가 났다.

그는 디오 같은 게 아니더라도 천하제일인 절대신군이다.

무림에서라면 이 정도에 당황할 그가 아니다.

사실 당황하는 게 아니라 어이가 없는 거였지만 그것마저도 못마땅했다.

강도는 쳐다보지도 않고 양팔을 뻗어 두 방향으로 초절신강을 뿜어냈다.

드오옴!

뻐버벅! 퍽!

양쪽에서 둔탁한 음향이 터졌다.

꽈릉!

그런데 머리 위에서 천둥소리가 또 터졌다.

강도가 쳐다보자 방금 공격했던 정체불명의 마족은 피떡이 된 채 먼저 죽어서 천장에 달라붙은 놈 옆에 철썩 붙어 있는데 이놈은 똑같은 모습이지만 또 다른 세 번째 정체불명의 마족 놈이다.

그놈은 강도가 페헤르와 두 번째 정체불명 마족을 상대하는 기회를 노려서 정수리를 향해 방패를 내던졌다.

방패가 회전하면서 번갯불이 강도의 정수리를 향해 무시무시하게 내려꽂혔다.

슈웃―

강도는 솟구치면서 손을 저었다.

까강!

방패는 양철처럼 우그러졌고 번갯불은 호신막에 퉁겨 비껴 나갔다.

그리고 움찔 놀라고 있는 정체불명 마족의 얼굴 한복판에 초절신강이 꽂혔다.

쩍!

정체불명의 마족은 머리가 박살 나면서 유리 천장의 깨진 곳을 통해 밖으로 날아갔다.

강도는 하강하면서 회장실 내부를 둘러보았다.

페헤르는 뒤쪽 구석에 처박혀서 짓뭉개져 있다.

그런데 두 명의 렐레크부바르와 야도, 빙악, 귀부, 귀매 20여 명이 강도와 음브웨를 향해 맹공을 퍼부어대고 있었다.

"이놈들!"

강도는 쩌렁한 외침을 터뜨리며 온몸에서 무형강기를 빛처럼 폭사시켰다.

부아악!

퍼퍼퍼퍼퍽!

분노가 포함된 그의 무형강기는 실내 전체로 뿜어져서 마족들을 모조리 쓰러뜨렸다.

강도의 모습이 순간적으로 음브웨에게 이동했다.

온몸에서 피를 철철 흘리며 비틀거리던 음브웨는 쓰러지듯이 강도에게 안겼다.

"주군……."

강도는 품에 안은 음브웨에게서 생명의 기운이 매우 희미하게 감지되는 것을 느꼈다.

렐레크부바르의 붉은 채찍에 여러 번 맞은 음브웨의 얼굴과 몸은 만신창이였다.

한 번 맞을 때마다 긴 채찍은 음브웨의 온몸을 휘감으면서 한 번, 풀면서 또 한 번, 두 번의 찢어짐을 선사했다.

그때마다 음브웨의 얼굴과 몸은 손가락 한 마디 이상 깊게 파여서 뼈까지 갈라졌다.

그녀는 얼굴에 뱀처럼 굵게 파인 시뻘건 핏자국을 둘둘 감은 채 안타깝게 강도를 바라보았다.

"주군……."

잘라진 입술이 그녀가 말을 할 때마다 너덜거렸다.

"말하지 마라, 음브웨."

마음이 다급해진 강도는 그녀를 안고 회장실 끄트머리의 문을 열었다.

그곳은 회장 윤종찬이 사용하는 개인 침실이다.

강도는 음브웨를 침대에 조심스럽게 눕혔다.

음브웨는 정신을 잃지 않으려고 눈을 깜빡이면서 몸을 부들부들 떨어댔다.

머리에서 한쪽 눈과 코, 뺨, 턱까지 움푹 파인 자국이 세 개나 이어졌다.

강도는 서둘러서 그러나 조심스럽게 음브웨의 다 찢어져서 너덜거리는 옷을 벗겨냈다.

그녀의 머리 꼭대기에서 발끝까지 긴 핏자국이 온몸을 칭칭 감고 있었다.

뭄바의 수호령 말라이카는 강도가 디오라고 했지만 정작 강도 자신은 이런 상황에서 신속하고도 안전하게 음브웨를 살릴 능력이 없다.

강도가 디오라면 손가락 하나 까딱하는 것으로 음브웨를 살릴 수 있을 것이다.

강도는 공력을 두 손으로 모으면서 음브웨를 굽어보았다.

그녀의 온몸을 수십 마리 뱀들이 꿈틀거리면서 휘감고 있는 것 같은 모습이다.

"으음… 저… 죽어요……?"

음브웨가 꺼지려는 한 가닥 정신을 부여잡고 흐릿한 시선으로 강도를 보면서 물었다.

"절대 죽지 않는다."

음브웨의 얼굴이 일그러졌다.

미소를 짓고 있었다.

"죽더라도 행복했어요… 주군과 함께여서……."

강도는 울컥했다.

"죽긴 누가 죽는다는 거냐? 쓸데없는 소리 하지 마라!"

강도는 스스로에게 다짐하듯 외치고는 가장 상처가 심한 복부 쪽으로 손을 뻗었다.

가느다란 허리에 겹겹이 채찍 자국이 파였으며 터진 곳으로 피와 내장이 흘러나오고 있었다.

강도는 그곳에 손을 대서 내장을 밀어 넣고 손바닥을 밀착시켜 음유한 진기를 주입했다.

"아아……."

음브웨는 아픈지 몸을 부르르 떨었다.

5분쯤 지나서 강도는 복부의 치료를 끝냈다.

복부는 언제 상처가 있었는지 의심이 들 정도로 깨끗해졌다.

그 다음은 가슴이다.

탱탱하고 풍만한 젖가슴이 쪼개졌고 다른 쪽은 거의 떨어져 나갈 정도다.

강도가 치료에 열중하고 있을 때 열려 있는 문으로 태광이 달려 들어왔다.

태광은 강도를 발견하고는 급히 허리를 굽혔다.

"주군!"

그러나 치료에 열중한 강도는 태광을 쳐다보지도 않았다.

태광은 뒷걸음쳐서 침실을 나왔다.

강도는 치료를 하면서 한 가지 의문에 휩싸였다.

'일개 마족에게 일신결계가 깨지다니 있을 수 없는 일이다.'

강도는 음브웨는 물론이고 질풍대 전원에게 일신결계를 쳐주었기 때문에 마족이나 요족의 공격을 받아도 끄떡없어야 한다.

그런데 음브웨는 마계의 신이라는 이슈텐도 아닌 일개 렐레크부바르의 채찍에 작살이 났다.

도대체 이걸 어떻게 받아들여야 한다는 말인가.

강도의 일신결계가 효력이 없는 것인가.

아니면 마족이 일신결계를 파훼하는 수법을 장착한 것인가.

그러고 보니까 조금 전에 페헤르가 강도를 공격해서 그의 옆구리에 상처를 입혔다.

'이건 심각한 일이다.'

강도는 손을 음브웨의 하체 쪽으로 옮기며 굳은 얼굴로 내심 중얼거렸다.

강도는 음브웨를 치료하는 데 1시간이나 걸렸다.

음브웨는 말짱해졌다.

만신창이 너덜너덜했던 몸이 지금은 상처 하나 없이 깨끗해졌다.

강도는 마지막으로 그녀의 체내에 진기를 듬뿍 주입해 주고 손을 뗐다.

"음브웨."

그의 부름에 기절했었던 음브웨가 천천히 눈을 떴다.

"주군……."

그녀는 부드럽게 미소 짓고 있는 강도를 바라보며 물었다.

"저 죽지 않았어요?"

강도는 고개를 끄떡였다.

"내가 널 죽게 내버려 두겠느냐?"

엔젤그룹에 있던 마족들은 딱 한 명만 남겨두고 모조리 죽음을 당했다.

마족 114명이 죽고 중상을 입은 페헤르는 생포했다.

자비심이 넘쳐서 생포한 게 아니라 페헤르의 신분이라면 아는 게 많을 것 같아서 정보를 캐내기 위해서다.

강도는 알몸인 음브웨를 안고 이동간으로 부천 집 음브웨의 방으로 옮겼다.

음브웨가 옷을 갈아입도록 하려는 것이다.

음브웨와 같은 방을 쓰고 있는 얏코는 방에 없었다.

아니, 얏코만이 아니라 집에는 아무도 없었다.

강도는 안고 있던 음브웨를 굽어보았다.

"아픈 곳 없느냐?"

"네."

음브웨는 눈을 꼭 감은 채 기어드는 목소리로 대답했다.

그녀는 벌거벗은 몸으로 강도에게 안겨 있는 것이 좋으면서도 몹시 부끄러웠다.

강도는 조심스럽게 그녀를 바닥에 내려주었다.

"옷 입어라."

강도가 내려주고 물러서려고 하자 음브웨가 급히 그에게 다가서며 품에 안겼다.

"왜 그래?"

"몰… 라요……."

음브웨 얼굴이 노을처럼 붉어졌다.

그녀는 강도가 지켜보고 있는 상황에서 그에게 자신의 알몸을 보이는 것이 부끄러웠다.

강도는 음브웨의 알몸을 여러 번 보고 또 주무르기도 했기 때문에 그녀가 부끄러워할 거라고는 생각하지 않았다.

그걸 모르는 강도는 다시 뒤로 한 걸음 물러났다.

"바쁘니까 어서 옷 입어라."

그는 음브웨가 옷을 입으면 한남동 저택으로 가서 엔젤그룹에 대한 일을 처리해야 한다.

엔젤그룹 일은 끝난 게 아니라 이제부터 시작이다.

강도가 엄한 목소리로 말하니까 음브웨는 찔끔했다.

그가 가볍게 밀어내자 음브웨는 깜짝 놀라서 뒤로 주춤거리며 물러났다.

"……."

강도는 그녀의 늘씬하면서도 무르익어서 터질 것 같은 나신을 보고는 조금 멍해졌다.

음브웨는 얼굴이 빨개져서 두 손을 늘어뜨리고 가만히 서서 그를 바라보았다.

현 세계의 여자처럼 손으로 은밀한 부위를 가리거나 하는 행동을 하지는 않았다.

요족 와다무 여자는 부끄러워하더라도 몸을 가리거나 하지는 않는다.

강도는 그제야 그녀가 왜 떨어지지 않으려고 했는지를 깨달았다.

그는 핀잔하듯 말했다.

"내가 너 일신결계도 해주고 아까 치료도 해줬는데 뭐가 부끄럽다는 거냐?"

"그건……."

"네 몸이라면 질리도록 실컷 보고 만졌다."

"네……."

음브웨는 쭈뼛거리면서 옷장으로 다가갔다.

강도는 말은 그렇게 해놓고서 그녀의 나신을 보지 않으려고 몸을 돌렸다.

강도와 질풍대가 엔젤그룹에서 썰물처럼 철수한 직후에 경찰이 들이닥쳤다.

아니, 그들은 경찰 중에서도 엄격하게 선발되어 교육을 받은 특수 경찰들이다.

경찰청 직속인 이들이 하는 일은 딱 하나뿐이다.

강도와 질풍대가 마족이나 요족을 작살내면 깨끗하게 뒤처리를 해주는 것이다.

강도가 대통령에게 직접 요구해서 꾸며진 조직인데 이름 하여 질풍수거팀이다.

음브웨와 함께 한남동 저택에 도착한 강도가 커피 한 잔을 막 입에 대려고 할 때 휴대폰이 울렸다.

—질풍대 제2팀 양현철입니다. 주군, 여기 일이 생겼습니다. 속히 와보십시오.

혹시 미진한 것이 있을지 몰라서 질풍대장 태청은 엔젤그룹에 질풍대원 한 명을 남겨두었는데 그가 양현철이다.

질풍대원들에 대해서 한 명 한 명 세세하게 다 알고 있는 강도는 양현철의 목소리를 듣는 순간 그의 생각을 읽고는 움찔 표정이 변해서 벌떡 일어섰다.

아니, 일어서면서 그의 모습이 음브웨와 함께 스륵, 하고 사라져 버렸다.

강도와 커피를 마시려고 같이 앉아 있던 질풍대장 태청, 2팀장 태광 등은 깜짝 놀랐다.

그때 그들의 귀에 강도의 전음이 전해졌다.

[엔젤그룹이다.]

태청, 태광은 즉시 엔젤그룹으로 이동했다.

엔젤그룹 본사 앞은 말 그대로 지옥도를 연상케 하는 광경이 벌어져 있었다.

강도와 질풍대가 몰살시킨 엔젤그룹의 마족들 시체를 수거하려던 특수 경찰 질풍수거팀이 잔인하게 살해되어 입구에 널려 있었다.

목이 잘라진 건 약과다.

몸통이 잘라져서 피와 내장이 바닥에 빨랫줄처럼 널려 있고 피가 말 그대로 냇물이 되어 흘렀다.

질풍수거팀 85명이 출동했는데 단 한 명도 살아남지 못했다.

엔젤그룹 본사 앞에 목과 몸통 팔다리가 제멋대로 잘라져서 죽은 것을 필두로 일 층을 비롯한 전 층에 걸쳐서 85구의 시체들이 즐비하게 깔렸다.

역겨운 피 냄새가 진동을 했다.

엔젤그룹 사람이든 지나는 행인이든 그 광경을 본 사람들은 목청이 찢어지도록 비명을 지르면서 산지사방으로 줄행랑을 쳐댔다.

"아아악!"

"으아악!"

말 그대로 아비규환이다.

강도는 엔젤그룹 일 층에 도착하여 그 광경을 발견하고는 재빨리 사방을 훑으면서 마족을 감지해 보았다.

그런데 엔젤그룹 본사는 물론이고 주위 10㎞ 이내에서는 마족의 흔적이 전혀 감지되지 않았다.

강도가 부천 집에 들러서 음브웨에게 옷을 입히고 나서 한남동으로 갔다가 엔젤그룹으로 다시 온 시간은 길어야 5분을 넘기지 않았다.

그 사이에 엔젤그룹 입구와 전 층에서 질풍수거팀 85명이 깡그리 참혹하게 도륙을 당한 것이다.

'어떤 놈이……'

강도와 음브웨가 엔젤그룹 밖으로 걸어 나오고 있을 때 양현철의 전음폰이 전해졌다.

—주군! 질풍수거팀을 죽인 마족을 미행하고 있습… 으악!

그런데 양현철이 말을 끝맺지 못하고 처절한 비명을 질렀다.

순간 강도는 양현철의 흔적을 좇아 이동간을 작동했다.

그러나 트랜스폰에는 양현철의 흔적이 급속도로 빠르게 사라지고 있었다.

강도가 트랜스폰을 작동하는 0.5초의 짧은 순간에 양현철의 흔적은 감쪽같이 사라져 버렸다.

양현철은 질풍수거팀을 몰살시킨 마족을 미행하고 있다고 했으니까 강도로선 어떻게 해서든지 그가 있는 곳에 가야만 한다.

강도는 이 시점에서 다시 한 번 디오의 능력을 시험해 보았다.

'양현철에게 가고 싶다.'

그러나 아무런 변화가 없다. 그는 여전히 엔젤그룹 현관을 걸어 나가고 있는 중이다.

스스으……

태청과 태광이 강도 뒤쪽에 나타났다.

강도는 생각을 바꿨다.

'양현철에게 가자!'

사아아……

순간 강도와 음브웨의 모습이 그 자리에서 사라졌다.

강도는 또 하나를 깨달았다.

'가고 싶다'는 생각은 단지 바람이기 때문에 명령이라고 할 수가 없다.

'가자'라고 해야 실행되었다.

그게 바로 명령이다.

신은 부탁 같은 걸 하지 않는다.

강도와 음브웨는 어느 거리에 나타났다.

두 사람 앞 인도 한가운데에는 한 사람이 피투성이 모습으로 쓰러져 있었다.

행인들이 비명을 지르거나 빙 둘러서서 구경하고 있으며, 쓰러져 있는 사람은 양현철이다.

양현철은 하늘을 보고 사지를 벌린 채 누워 있으며 왼쪽 가슴에 커다란 구멍이 뻥 뚫려 있었다.

강도는 양현철의 왼쪽 가슴 안에 심장이 없는 것을 발견하고 와락 인상을 썼다.

"으으… 주군……."

불과 2~3초 전에 당한 양현철은 누운 자세에서 강도를 발견하고 고통 속에서도 반가운 표정을 지었다.

죽어가고 있으면서도 주군을 보고 반가워하는 양현철을 보면서 강도는 가슴이 미어졌다.

"양현철."

강도는 즉시 다가가 한쪽 무릎을 꿇으면서 두 손으로 양현철의 왼쪽 가슴을 덮었다.

"주군… 그놈… 저기 벤츠에……."

양현철은 눈을 한껏 치뜨면서 팔을 들어 머리 쪽을 가리키려고 애썼다.

강도는 양현철이 가리키는 곳을 보려고 했으나 구경꾼들 때문에 보이지 않았다.

그는 재빨리 양현철 가슴에 진기를 한 움큼 주입했다.

그때 옆에 태청과 태광이 도착했다.

[양현철을 돌봐라.]

스으…….

강도는 양현철이 가리킨 방향으로 공간 이동을 하면서 음브웨를 떨어뜨렸다.

[너는 여기 있어라.]

[주군…….]

강도는 자신의 트랜스폰과 연결되어 있어서 한 몸처럼 붙어다니는 음브웨가 아까 엔젤그룹 본사에서처럼 다치는 것을 원하지 않았다.

양현철이 쓰러져 있는 곳에서 구경꾼들을 넘어서 7~8m 이동한 강도는 한 명의 정장 사내가 도로변에 비상등을 켜고 멈춰 있는 벤츠 뒷자리에 타려는 것을 발견했다.

그렇지만 그자는 마족의 모습이 아니었다.

뒷모습이지만 모델처럼 늘씬한 인간이다.

'저 새끼다!'

강도의 시선이 벤츠 뒷자리에 타고 있는 정장 사내의 오른쪽 손에 꽂혔다.

그 손에는 핏물이 뚝뚝 떨어지는 주먹 크기의 시뻘건 물체가 쥐어져 있었다.

양현철의 심장이다.

정장 사내는 양현철의 왼쪽 가슴에 손을 쑤셔 넣어 심장을 뽑아낸 것이 분명하다.

그렇지만 손에서 핏물이 흐르는데도 땅으로 떨어지지는 않았다.

정장 사내의 느긋한 행동으로 봐서는 도망치는 게 아니다.

그저 볼일을 마치고 돌아가는 편안한 행동이다.

탁!

정장 사내가 타자 벤츠가 출발했다.

이동 수단이 없는 양현철은 두 발로 달려서 벤츠를 추격했던 것 같다.

시내이기 때문에 벤츠의 속도는 빠르지 않았을 테고 그 정도는 충분히 따라잡을 수 있었을 것이다.

그러다가 발각되어 저 지경이 됐다.

'개새끼!'

강도는 멀어지는 벤츠를 쏘아볼 뿐 움직이지 않고 어떻게
할 것인지 잠시 생각했다.

그러다가 벤츠 뒷자리에 정장 사내가 혼자 앉아 있는 것을
보고는 즉시 움직였다.

스으……

강도의 모습이 그 자리에서 사라졌다.

강도가 선택한 방법은 정면 대결이다.

그는 벤츠 뒷자리 왼쪽 자리에 앉은 자세로 나타났다.

"……"

양현철의 심장을 살펴보려는 듯 얼굴로 가까이 가져가던
정장 사내가 행동을 뚝 멈추었다.

앞을 보고 있던 그는 천천히 왼쪽 옆을 쳐다보았다.

거기에 생전 처음 보는 낯선 남자가 앉아 있지만 정장 사내
는 뜻밖이라는 표정을 지을 뿐 당황하거나 놀라지 않았다.

외려 입술 끝이 슬쩍 올라가며 빙그레 미소를 지었다.

"대단한 자가 찾아왔군."

그는 가볍게 고개를 끄떡이는 여유마저 보였다.

그때 정장 사내가 손에 쥐어져 있던 심장이 사라졌다.

정장 사내는 눈동자만을 움직여서 자신의 손에 심장이 없

는 것을 확인했다.

물론 그의 손에 있는 심장을 사라지게 한 건 강도다.

지금쯤 심장은 원래 자리에 돌아가 있을 것이다.

강도가 조금 전에 양현철의 심장 부위에 진기를 주입하면서 지혈을 시켰으니까 심장이 제자리를 찾으면 그를 살릴 수 있을 것이다.

심장이 없다면 아무리 강도라고 해도 살리지 못한다.

정장 사내의 입가에서 미소가 사라졌다.

처음에 그는 강도를 삼맹의 부맹주 정도로 예상했었지만 지금은 아니다.

"당신, 누군가?"

정장 사내는 머릿속으로 어떤 존재를 떠올리면서 처음으로 입을 열었다.

정확한 한국어를 구사했다.

강도는 다리를 꼬고 앉아서 굳은 얼굴로 중얼거렸다.

"네가 생각하고 있는 그가 나다."

"어……."

정장 사내는 자신의 생각이 읽혔다는 사실에 움찔 가볍게 몸을 떨었다.

정장 사내 즉, 하롬의 눈동자가 흔들렸다.

지금까지 살아오면서 그는 지금 이 순간만큼 놀랐던 적이

한 번도 없었다.

자신에게 이런 상황이 닥칠 것이라고는 생각해 본 적이 없기 때문에 놀라움은 당황함으로 이어졌다.

"너 키치키라이냐?"

강도의 나직한 물음에 하롬은 마른침을 삼켰다.

"그렇습니다."

그는 깍듯하게 존대했다.

상대는 적 같은 게 아니라 삼신 중에 하나인 디오이기 때문이다.

더구나 상대가 단번에 그의 신분을 찍자 하롬은 살모사 앞에 놓인 먹잇감 같은 기분이 들었다.

운전석에서 차를 몰고 있는 정장 사내 역시 마족의 모습이 아니다.

강도에게까지 마족 모습을 드러내지 않는다면 완벽하게 인간화(人間化)가 된 게 분명하다.

"몇째냐?"

"하롬… 셋째입니다."

강도는 예전에 제16영주에게서 마족의 계급에 대해서 들은 적이 있었다.

"끅……."

갑자기 운전하던 사내의 목이 뎅겅 잘라져서 기어 쪽에 한

번 통겼다가 조수석 시트에 떨어졌다.

겁이 없는 하롬이지만 그걸 보고는 움찔 몸을 떨었다.

강도가 죽인 게 분명한데 그는 하롬을 응시하면서 꼼짝도 하지 않았다.

그것은 강도가 단지 생각하는 것만으로 운전석의 사내를 죽였다는 뜻이다.

부하가 죽었다는 것보다는 이제부터 벌어질 일이 무엇일지 모르기 때문에 하롬은 바짝 긴장됐다.

그는 디오를 선제공격한다는 것은 꿈도 꾸지 못했다.

디오를 공격하는 것은 곧 죽음을 부르는 것이라고 생각했다.

그러므로 부질없이 목숨을 내버리는 것보다는 기회를 엿보는 것이 현명하다고 판단했다.

하롬은 갑자기 몸이 허공으로 붕 떠오르는 것을 느꼈다.

척!

그러고는 강도가 차 문을 열고 밖으로 나갔다.

"나와라."

하롬은 급히 차창 밖을 내다보다가 깜짝 놀랐다.

벤츠는 조금 전까지 서울 시내를 달리고 있었는데 지금은 어떤 바닷가에 멈춰 있었다.

부두에 정박해 있는 어선들과 드넓은 바다가 보였다.

강도가 차를 통째로 공간 이동을 시켜 버린 것이다.

하롬은 놀라운 재주가 있지만 이런 건 흉내도 내지 못한다.

그는 차 밖에서 강도가 기다리고 있는 걸 보고는 조심스럽게 차에서 내렸다.

하롬은 천천히 강도에게 걸어갔다.

이곳이 어딘지 주위를 둘러볼 여유 같은 것도 없다.

그저 온몸이 당장에라도 터져 버릴 것처럼 극도로 긴장해서 숨이 잘 쉬어지지 않을 정도다.

강도는 엔젤그룹의 질풍수거팀 85명이 참혹하게 죽고 양현철이 심장이 뽑힌 채 쓰러져 있는 모습을 봤을 때 돌아버릴 정도로 분노했었다.

그래서 그들을 그렇게 만든 마족을 찾아내기만 하면 그 자리에서 갈가리 찢어죽이고 싶었다.

그러나 막상 그 상황이 되니까 다른 생각을 했다.

상대가 마족의 키라이라서다.

비록 키치키라이지만 마계의 신 이슈텐을 제외하면 최고 신분인 군주 일족이다.

그러므로 그냥 다짜고짜 죽이는 것은 하책이다.

감정대로 행동하는 것은 하등동물이나 하는 짓이다.

하롬은 머릿속이 복잡했다.

10여 m 거리에 있는 강도에게 걸어가는 짧은 시간 동안 수많은 생각이 머릿속에서 명멸했다.

그러다가 움찔했다.

강도, 아니, 디오가 자신의 생각을 죄다 읽는다는 생각이 떠올랐다.

머리를 비워야 한다.

그런데 생각이라는 것은 제 맘대로 할 수 없는 건데 어떻게 머리를 비운다는 말인가.

하롬은 강도에게서 5m쯤 거리에서 멈추었다.

강도는 바다를 바라보면서 말문을 열었다.

"사람들을 다 몰살시키려는 생각이냐?"

"……."

하롬은 움찔했다.

사실 그가 세운 계획은 일단 화산과 지진, 독극물 등으로 대한민국을 쑥밭으로 만들어놓는 것이다.

그 과정에 인간들이 얼마나 죽든 말든 그런 건 터럭만큼도 신경 쓰지 않았다.

인간들이 다 죽으면 텅 빈 땅에 마족들이 대거 이주해서 살면 될 것이다.

만약 대한민국 인간 절반 정도가 살아남았다면 그들을 노예로 삼으면 된다.

그러면 마족의 삶이 한층 윤택해질 터이다.

그런데 인간들이 반항을 한다면?

간단하다.

깡그리 죽여 버리면 된다.

강도는 하롬의 대답을 듣지 않았다.

그의 생각을 읽었기 때문이다.

"네 아버지도 같은 생각일까?"

하롬의 아버지인 너지키라이 즉, 마계 대왕의 생각은 하롬과 다르다.

너지키라이는 될 수 있는 한 현 세계 인간들과의 충돌을 피하려고 한다.

그 이유가 자비심 때문인지 아니면 두려움 때문인지는 모르지만 어쨌든 너지키라이는 충돌하지 않고 현 세계에서 살 수 있는 방법을 다각도로 모색하고 있다.

그래서 세 명의 아들 키치키라이와 영주들 페헤르들의 불만이 폭주하고 있는 상황이다.

모두들 하루빨리 젖과 꿀이 흐르는 현 세계에서 살고 싶어 하기 때문이다.

"그러니까 이 전쟁은 네가 독단으로 일으킨 것이구나."

"……!"

하롬은 흠칫했다.

그는 아무 대답도 하지 않았는데 강도 혼자서 몇 번 질문하고는 결론을 내려 버렸다.

하롬은 강도가 질문을 몇 번 하고는 어째서 대답을 듣지 않았는지 한발 늦게 깨달았다.

강도가 질문을 할 때마다 하롬이 거기에 대해서 생각했고, 강도는 그 생각을 읽은 것이다.

'죽일 놈……'

하롬은 발끈해서 속으로 중얼거리다가 강도가 자신을 주시하는 걸 보고는 등골이 쭈뼛했다.

강도가 중얼거렸다.

"나하고 싸워볼 테냐?"

"아… 닙니다."

하롬은 생각할 것도 없다는 듯 바로 꼬리를 내렸다.

그는 마계의 신 이슈텐이 얼마나 강한지 잘 알고 있다.

오죽하면 아버지인 너지키라이마저도 이슈텐의 모습이 아니라 그의 말씀만 들려도 땅바닥에 엎드려서 벌벌 긴다.

그런데 하물며 삼신 중에서 제일 강한 디오 앞에서 무슨 말이 필요하겠는가.

하롬은 오늘 무조건 디오에게 복종하면서 살아날 궁리를 해야 한다.

강도는 다시 바다를 보았다.

"내가 너희들 필드빌라그의 엠베르들을 몰살시키는 것은 어떻게 생각하느냐?"

"……."

하롬은 움찔했다.

그건 절대 있을 수 없는 일이라는 그의 생각이 떠오르는 즉시 강도에게 읽혔다.

"그럴 수 없을 것 같으냐?"

"아… 닙니다."

현재 푈드빌라그의 이슈텐은 아무도 모르는 곳에서 은신하고 있는 중이다.

이슈텐이 은신하고 있는 이유는 극소수의 사람들만 알고 있는데 하롬도 그중에 한 명이다.

그 이유는 이슈텐과 요족의 신 뭄바가 연합해서 디오를 공격했다가 아주 큰 대미지를 입었기 때문이다.

아니, 디오를 꺾기는 했는데 이슈텐과 뭄바가 자기들끼리 싸우다가 결국 디오보다 더 큰 대미지를 입었다.

은신하고 있는 이슈텐은 감감무소식인데 디오는 저렇게 멀쩡한 걸 보면 푈드빌라그의 앞날이 암담하다.

"내가 어째서 너희 푈드빌라그의 엠베르나 요족 페르다우의 와다무들을 멸절시키지 않는 것 같으냐?"

한글을 배운 지 얼마 되지 않는 하롬은 급히 머릿속에서 지난번에 노트북으로 외웠던 국어사전의 단어들 중에 '멸절'을 떠올려 보았다.

멸절(滅絶) : 멸망하여 완전히 사라짐.

하롬은 자신도 모르게 부르르 몸을 떨었다.

강도는 물어놓고서도 하롬의 대답을 듣지 않았다.

물어보면 그의 머릿속에 대답 이상의 내용이 쫙 떠오르기 때문이다.

이번 물음에 대한 대답은 '모르겠습니다'였다.

"내가 너희들을 만들었다."

"아······."

그 순간 하롬은 머릿속이 망망대해처럼 텅 비어버렸다.

"그걸 모르는 것이냐?"

"저희들은 이슈텐께서 만드셨다고······."

수십만 년 전에 삼신이 인간들을 창조했는데 디오는 현 세계의 인간을, 이슈텐은 푈드빌라그의 엠베르를, 뭄바는 페르다우의 와다무들을 창조했다고 알려져 있다.

아니, 그것에 대해서 현 세계의 인간들은 대부분 모르고 있지만 푈드빌라그나 페르다우에서는 코흘리개까지도 다 알고 있는 사실이다.

"너희는 언제 지저세계로 들어갔느냐?"

"30만 년 전 대빙하기 때라고 들었습니다."

강도는 자신도 모르는 사실에 대해서 설명하고 있었다.

이 순간의 그는 강도가 아닌 디오이기 때문이다.

디오의 잠재된 기억이다.

"내가 인간을 창조한 것은 2백만 년 전이다."

그때부터 하롬 뇌리에서 거미줄처럼 가느다란 균열이 생기기 시작했다.

그는 자신이 교육받은 것을 바탕으로 작은 발버둥을 쳤다.

"대빙하기가 닥치자 이슈텐께서 저희를 이끌고 푈드빌라그로 들어가셨다고 알고 있습니다."

"그즈음에 이슈텐과 뭄바가 시차를 두고 내게 도전했다가 패해서 도망쳤었다."

"무슨 말씀이신지……."

"패해서 도망친 이슈텐과 뭄바는 내게 복수를 하고 또 내가 창조한 인간들을 빼돌리려고 두 번에 걸쳐서 지구에 대빙하기를 일으켰다."

"그런……."

강도는 자신의 뇌리에 잠재되어 있는 디오의 기억 중에서 대빙하기에 관한 부분을 처음부터 끝까지 통째로 하롬의 머릿속에 심어주었다.

"……."

마치 컴퓨터에서 어떤 자료를 다운받는 것처럼, 아니, 다운

받자마자 그것을 인식해 버린 하롬은 두 눈과 입을 커다랗게 벌리며 경악을 금치 못했다.

그렇게 생생한 내용은 강도로서도 처음 알게 되었다.

그래서 강도와 하롬은 같은 내용을 같은 시간에 인식하게 되었다.

"대빙하기를 일으킨 이슈텐과 뭄바는 몇 무리의 인간을 이끌고 푈드빌라그와 페르다우로 이주한 것이다."

"아아……."

하롬은 새롭게 알게 된 사실로 인해 부르르 거세게 몸서리를 쳤다.

강도의 잔잔한 목소리가 하롬의 귀를 울렸다.

"내게는 너희들이 말하는 바깥세상 킨트빌라그의 인간들과 푈드빌라그의 엠베르, 페르다우의 와다무들이 모두 똑같은 내 창조물들이다."

"……."

너무도 큰 충격 때문에 하롬은 아무 말도 하지 못했다.

"내가 바라는 것은 너희들 모두가 평화롭게 사는 것이다."

하롬은 큰 깨달음을 얻었지만 용기를 내서 입을 열었다.

"지금… 이대로 말입니까?"

강도가 말이 없자 하롬은 조금 더 용기를 냈다.

"우리 푈드빌라그의 엠베르들은 너무 오랫동안 지하에서

살았습니다. 이제는 땅 위에서 살고 싶습니다……! 그런 마음
을 품는 것이 잘못은 아니잖습니까?"

"하롬."

"말씀하십시오."

"먼저 네가 저지른 일부터 수습해라."

"……."

"그리고 대한민국을 몰살시키려는 계획을 중지해라."

"그러면 기회를 주시겠습니까?"

"나하고 거래를 하겠다는 것이냐?"

하롬은 후드득 놀라서 급히 허리를 굽혔다.

"아… 닙니다."

그때 하롬은 몸 여기저기 다섯 군데가 바늘에 찔린 것처럼
따끔거리는 것을 느꼈다.

무슨 일인가 싶어서 강도를 보는데 그는 팔짱을 낀 채 먼
바다만 응시하고 있다.

그래서 하롬은 자신이 너무 신경을 써서 몸이 따끔거리는
거라고 여겼다.

그는 자신이 강도의 특수한 점혈 수법에 제압됐으며 자신
의 뇌리와 몸에 강도가 심어놓은 흔적이 남았다는 사실은 꿈
에도 알지 못했다.

"차에 타라. 아까 그곳으로 보내주겠다."

하롬은 당황했다.

"저를 믿으시는 겁니까?"

"하는 걸 봐서 믿겠다. 제대로 하지 않으면 내가 직접 필드
빌라그에 가겠다."

하롬은 식은땀을 흘렸다.

[주군! 어디 계십니까?]

그때 강도에게 다급한 전음이 전해졌다.

태청이다.

[무슨 일이냐?]

[큰일났습니다! 화산과 지진입니다!]

태청은 악을 썼다.

[뭐야?]

강도의 얼굴이 확 일그러졌다.

[경북 영주에 화산이 폭발했고 울산에 지진입니다!]

강도는 잡아먹을 듯한 얼굴로 하롬을 쏘아보았다.

"너 이놈······!"

하롬은 강도의 무서운 표정에 오금이 저렸다.

"왜··· 그러십니까?"

강도가 손을 뻗자 하롬이 쏜살같이 그에게 끌려와서 1m 앞
허공에 나무토막처럼 뻣뻣해졌다.

"으으··· 디오우르··· 대체 왜······."

하롬은 필드빌라그에서처럼 디오 뒤에 극존칭 우르를 붙였다.

강도의 얼굴은 더 일그러졌다.

"화산이 폭발하고 지진이 발생했다. 어떻게 된 거냐?"

"어……."

하롬은 고개를 마구 저었다.

"그럴 리가 없습니다! 제가 명령을 내려야지만 시작하게 되어 있습니다!"

"그런데 사실이다."

강도는 손을 뻗어 하롬의 목을 움켜잡았다.

"제대로 실토하지 않으면 목을 부러뜨리겠다."

하롬은 목이 부러지는 듯한 고통을 느끼며 겨우 말했다.

"끄으으… 저는 모릅니다……."

강도는 하롬이 화산 폭발과 지진에 대해서 계획을 세우고 준비를 마쳤을 뿐 명령을 내리지 않았다는 그의 생각을 읽고 목을 놔주었다.

"커억! 캑… 캑……."

하롬은 허리를 굽히고 미친 듯이 기침을 해댔다.

그러면서 그는 화산 폭발과 지진이 어떻게 된 일인지 생각했고 그 결과 두 명의 형 중에 한 명이 명령을 내렸을 것이라는 결론을 내렸다.

그런 명령을 내릴 자격이 있는 사람은 아버지 너지키라이와 두 명의 형 키치키라이뿐이다.

아버지가 대한민국에 와서 하롬 대신 명령을 내렸을 리는 없다.

그렇다면 그럴 수 있는 사람은 두 명의 형이다.

그중에서도 성격이 급하고 매사에 호전적인 둘째 형 마쇼디크(Második)일 가능성이 크다.

아버지 너지키라이는 하롬에게 대한민국을 맡겼었다.

그런데 어째서 둘째 형 마쇼디크가 대한민국에 와서 하롬이 세워놓은 계획에 명령을 내렸는지 이해가 되지 않는다.

강도는 허리를 펴는 하롬을 보며 말했다.

"네가 마쇼디크를 제지할 수 있겠느냐?"

"제가 둘째 형을 설득하겠습니다."

"듣지 않으면?"

"……"

사실 하롬은 마쇼디크를 설득할 자신이 없다.

마쇼디크는 아버지를 제외한 모든 사람의 말을 듣지 않는 것으로 유명하다.

더구나 하롬을 어린아이로 여기기 때문에 그가 설득하려고 들면 혼내려고 할 게 뻔하다.

그런 하롬의 생각을 읽은 강도가 물었다.

"너 마쇼디크를 죽일 수 있느냐?"

"……."

하롬은 놀라서 눈을 커다랗게 떴다.

둘째 형을 죽이고 싶었던 적은 여러 번 있었지만 시도해 본 적은 한 번도 없다.

"마쇼디크는 저보다 강합니다."

하롬은 그렇게 둘러댔다.

"너에게 힘을 주겠다."

"디오우르께서 말씀입니까?"

"그렇다."

그렇다고 해도 하롬은 용기와 배짱이 없어서 마쇼디크를 죽이지 못할 것이다.

강도는 결론을 내렸다.

"네가 막지 못하면 나는 이걸 선전포고라 여기고 필드빌라그를 공격할 수밖에 없다."

"디오우르……."

강도의 말에 하롬은 반사적으로 필드빌라그의 힘으로 디오의 공격을 막을 수 있을지에 대해서 머리에 떠올렸다.

강도는 하롬의 생각을 읽다가 아예 그의 뇌에 저장되어 있는 것을 통째로 인식해 버렸다.

그러는 데는 3초 정도 소요됐으며 그 사실을 하롬은 전혀 알지 못했다.

강도는 자신에게는 없었던 능력들을 이런 식으로 시험, 성공을 거듭하면서 점점 자신이 디오일지도 모른다는 믿음이 쌓여가는 것을 느꼈다.

"어떻게 하든지 당장 화산과 지진을 멈추고 오늘 안으로 마쇼디크를 처리해라. 아니면 내가 직접 쾰드빌라그를 멸절시키겠다."

하롬은 착잡한 표정을 짓더니 이윽고 무겁게 입을 열었다.

"어떻게 디오우르게 보고합니까?"

"처리하면 내가 알게 될 것이다."

하롬은 놀라는 표정을 지었다.

"제가 어디에 있더라도 말입니까?"

"그렇다."

하롬이 저지른 짓과 대한민국 영토 내에서 화산 폭발, 지진이 일어났으므로 강도로선 더 이상 볼 것 없이 하롬을 죽이고 마계를 쓸어버려야 마땅하다.

하지만 한 가지 이유 때문에 그는 한 템포 늦추었다.

조금 전 하롬의 뇌를 통째로 스캔, 인식한 것에 의하면 마계의 세력이 생각했던 것보다 엄청났다.

마계의 군대 즉, 마군의 수가 천만 명을 넘었다.

물론 마군 천만 명은 전 세계 쾰드빌라그 지저세계에 널리

분포하고 있지만 하롬이 대한민국에 이끌고 온 마군의 수만 해도 40만 명이다.

마족은 30만 년 전에 지저세계로 들어갈 때 수십 만 명이었지만 장구한 세월이 흐르는 동안 인구가 기하급수적으로 불어났을 것이다.

현 세계의 인구가 무려 70억 명에 달하는 것을 감안하면 마족의 인구가 수천만 명이나 그 이상 몇 억쯤 되는 것은 이상한 일이 아니다.

강도는 하롬을 벤츠 운전석에 태웠다.

"디오우르, 저에게 힘을 주시지 않을 겁니까?"

"필요할 때 주겠다."

"그걸 어떻게 아십니까?"

"널 통해서 너에게 일어나는 일들을 알 수 있다."

"아……."

강도는 하롬이 탄 벤츠를 원래 그가 달리던 시내 거리로 보내주었다.

제29장
아포칼립스(Apocalypsis)

경상북도 영주시 풍기읍과 봉화군, 충청북도 단양군에 걸쳐 있는 소백산이 갑자기 분화(焚火)를 시작했다.

원래 소백산은 단 한 번도 화산 폭발이 없었던 산이었는데 오늘 갑자기 대폭발을 일으킨 것이다.

그로 인해서 소백산 인근의 마을 수십 곳이 잿더미가 되거나 매몰됐으며 주민 수천 명이 피신했다.

같은 시간, 경상남도 울산광역시에 리히터 규모 6.8의 강진이 발생했다.

이 지진으로 건물 수십 동이 붕괴했으며 건물과 가옥 수백

채가 반파되었고 셀 수도 없을 정도로 많은 교통사고와 사고가 일어났다.

소백산 화산과 울산 지진으로 인한 사망자가 8백여 명에 달했으며, 부상자는 수만 명이고, 이재민은 수십만 명 달한다고 언론이 일제히 보도했다.

강도는 한남동 저택으로 갔다.

청와대에 나가 있던 자미룡까지 불러들였다.

강도와 유빈이 나란히 앉아 있고 뒤에는 음브웨가 서 있으며 앞쪽에는 질풍대 5명의 팀장들이 늘어서 있다.

강도는 유빈을 비롯한 모두의 머릿속에 마족 키치키라이 하롬에게서 얻은 지식을 심어주었다.

하롬의 지식을 인식한 모두의 얼굴에 놀라움이 떠올랐다.

유빈은 그윽한 눈빛으로 강도를 바라보았다.

"당신이 하롬에게 취한 방법이 가장 좋은 것 같아요."

하롬에게 일을 처리하라고 명령한 것을 말한다.

강도는 고개를 끄떡이고 나서 팀장들에게 말했다.

"너희들의 의견을 말해봐라."

무림에 있을 때에도 강도는 모든 일을 독단으로 처리하지 않고 항상 수하들의 의견을 수렴했었다.

질풍대장 태청이 놀란 얼굴로 말했다.

"마군이 천만 명이나 된다는 사실은 충격입니다."

태광이 말을 받았다.

"우리나라에 들어온 마군만 40만인데 삼맹만으로는 역부족입니다. 삼맹은 다 합쳐봐야 2천 명 남짓입니다."

"마군은 첨단 무기의 군대로도 상대할 수 없습니다. 저희 같은 무림 고수가 일일이 목을 잘라야지만 죽습니다."

유빈이 차분한 목소리로 말했다.

"당신, 무림에서 고수들을 데려오려는 생각이신가요?"

"그래."

얼마 전에야 알게 된 사실이지만 강도는 그럴 계획으로 무림에 가서 절대신군이 된 것이다.

"얼마나 데려오실 거죠?"

"우선 일급고수로 천 명 정도."

유빈이 난색을 표했다.

"그렇게 많은 인원을 현 세계 어디에 수용하죠?"

"글쎄……."

강도가 천 명만 데리고 오려는 것도 현 세계에서 그들을 수용할 장소가 마땅하지 않기 때문이다.

자미룡이 손을 들고 말했다.

"리조트 같은 곳이면 괜찮을 거예요."

태청이 즉시 말을 받았다.

"대양그룹에 리조트사업부가 있습니다."

"그래?"

"전국에 리조트가 10개쯤 있는 것으로 알고 있습니다. 호텔사업부도 있습니다. 토피아호텔 체인이며 전 세계에 30개 정도 있습니다."

"그럼 됐다."

강도는 일단 안심했다.

그 정도면 무림 고수 수천 명은 너끈하게 수용할 수 있다.

자미룡은 유빈에게서 시선을 떼지 못하고 있다.

그녀는 현 세계에서 강도를 처음 만났을 때 강렬한 호감을 감추지 못했었다.

그리고 그가 그녀를 나신으로 만들어 정제순혈을 주사하고 일신결계를 쳐준 후에는 그에게 거의 맹목적이면서도 열렬한 사랑을 품게 되었다.

어떻게 해서든지 강도 주변에서 배회하며 눈에 띄려고 애썼지만 그는 그녀에게 눈길조차 주지 않았다.

그러다가 아까 청와대에서 이곳 저택으로 복귀하고 나서 동료에게 신후가 왔다는 말을 듣고 과연 어떤 여자인지 몹시 궁금했다.

그런데 신후를 5m 거리 정면에서 직접 보게 되자 자미룡은 낙담하고 말았다.

무림에 있을 때 신후가 천하제일미라는 소문은 귀가 따갑도록 들었다.

그래도 미모라면 어딜 내놔도 꿀리지 않는 자미룡이라서 신후가 예뻐봤자 얼마나 예쁘겠느냐는 생각을 갖고 있었다.

그런데 신후를 직접 보니까 이건 예쁜 정도가 아니라 같은 여자인데도 눈이 부셔서 숨이 멎을 정도의 미모였다.

신후하고 견주어서 자신과 미모가 엇비슷하면 절대신군을 나누어가져도 될 거라고 자위했었는데 그런 마음이 송두리째 사라져 버렸다.

자미룡은 연신 유빈을 훔쳐보면서 속으로 계속 한숨만 내쉬고 있다.

"그런데 무림에서 어떻게 천 명이나 데려올 겁니까?"

4팀장 남궁연의 물음에 강도는 고개를 끄떡였다.

"생각 중이다."

무림에서 무림 고수들을 현 세계로 데려오는 것은 총본의 월계를 이용하는데 한 번에 데려올 수 있는 최대 인원이 167명이다.

또한 현 세계의 시간으로 일 년에 200명밖에 데려올 수 없으며 다시 데려오려면 일 년을 기다려야만 한다.

그렇지만 강도는 총본의 월계 시스템을 이용할 생각이 전혀 없다.

어떻게 무림 고수들을 현 세계로 천 명씩이나 데려올지 구체적인 방법은 아직 모르지만 자신이 디오라면 능히 데려올 수 있을 거라고 믿었다.

회의를 하고 있는 중에 강도의 트랜스폰이 계속 울렸다.

대통령이다.

평화롭던 대한민국에 갑자기 화산 폭발과 강진이 발생하여 많은 사람이 죽거나 다친 현재의 상황을 대통령은 마계나 요계하고 연관시켰을 것이다.

또한 화산 폭발이나 지진 같은 재난적인 상황은 대통령이 어떻게 할 수 있는 게 아니다.

그러니까 강도에게 매달릴 수밖에 없다.

"태청, 할 일이 있다."

강도의 말에 태청은 공손히 허리를 굽혔다.

"하명하십시오."

"삼맹에 요계 첩자가 있다."

"정말입니까?"

태청만이 아니라 모두들 크게 놀랐다.

강도는 유빈을 감시하고 있는 청성파 장로 벽산자에 대한 정보를 태청의 뇌리에 심어주었다.

"아……."

갑자기 태청의 머릿속이 번뜩이더니 새로운 사실 하나가 바닷가 절벽 위에 오롯이 서 있는 한 그루 소나무처럼 선명한 것을 느끼고 움찔 놀랐다.

"주군, 벽산자가……."

"그의 정신을 너에게 연결시켜 주었다."

"아……."

"이제 네가 머릿속으로 벽산자를 떠올리면 그가 보고 듣는 것을 동시에 보고 들을 것이며, 그의 생각을 고스란히 읽을 수 있다."

"그… 렇습니까?"

질풍대 팀장들은 세상에 이런 일이 가능할 것이라곤 상상해 본 적도 없었다.

태청이 조심스럽게 물었다.

"주군, 그런데 백운자와 벽산자를 첩자로 만든 자가 대체 누굽니까?"

태청은 벽산자가 청성파 장문인이며 도맹 장로인 백운자의 명령을 받는다는 사실도 알게 되었다.

"요계의 신 뭄바의 수호령인 말라이카다."

"에엣?"

유빈이나 질풍대 팀장들은 현 세계와 마계, 요계를 각각 삼분(三分)하고 있는 삼신(三神)에 대해서는 아무것도 모르고 있다.

"요계에 신이 있습니까?"

강도는 가볍게 고개를 끄떡였다.

"마계와 현 세계에도 있다."

"아……."

모두들 극도로 놀라서 벌린 입을 다물지 못했다.

강도는 잠시 침묵하다가 이들도 삼신에 대해서 알고 있어야 할 것 같다는 생각을 했다.

그는 삼신에 얽힌 내용만 머릿속에서 정리를 했다.

"너희들에게 삼신의 내용을 전해주겠다."

이어서 모두의 뇌리에 그 내용을 각인시켜 주었다.

물론 강도 자신이 디오인지 아닌지 예민한 견해 같은 것은 제외했다.

"아……."

모두 거의 같은 순간에 삼신에 대한 내용을 인식하고 나직한 탄식을 터뜨렸다.

모두의 시선이 일제히 강도에게 집중되었다.

그리고 모두의 의문을 유빈이 대표로 물었다.

"당신이 디오인가요?"

강도는 민감한 부분을 제외했는데 이들은 족집게처럼 콕 짚어냈다.

강도는 어색한 표정을 지었다.

"어… 그렇다는군."

"아아……."

"오 오……."

5명의 팀장들은 경외심이 가득한 표정을 얼굴 가득 떠올리며 저절로 무릎이 꺾여서 그 자리에 부복했다.

그리고 그들은 입을 모아 외쳤다.

"신께 경배드립니다!"

유빈은 아까부터 계속 얼굴이 어두웠다.

강도의 개인 방으로 사용하고 있는 이 층으로 올라와서도 줄곧 슬픈 표정이다.

"유빈, 왜 그래?"

강도는 정말로 가까운 사람들의 생각을 읽지 않는다.

그런 행위가 상대를 기만하는 것이라고 여기기 때문이다.

두 사람은 창가의 소파에 나란히 앉아 있는데 유빈이 강도를 바라보았다.

그녀의 눈빛이 아련했다.

"제가 사랑하는 것은 사람 이강도인데 당신은 만물의 창조주 디오잖아요."

"……"

유빈은 강도를 말끄러미 바라보았다.

"당신 신이에요? 아니면 사람인가요?"

아까 질풍대 5명의 팀장들은 강도를 신 디오라 여기고 부복하여 경배를 드렸었다.

그렇다면 강도는 신일 텐데도 유빈은 그가 무엇이냐고 묻고 있다.

강도는 부드럽게 미소 지었다.

"난 사람이야."

저만치 10m 떨어진 곳의 창 끝 의자에 앉아 있는 음브웨는 아까 단총아가 갖다 준 차를 홀짝거리면서 마시고 있다.

유빈은 이해하기 어렵다는 듯 복잡한 표정을 지었다.

"당신은 삼신 중에 디오잖아요?"

강도는 대답하지 않았다.

"당신도 그 사실을 인정하시죠?"

강도는 어렵게 고개를 끄떡였다.

"그래."

유빈의 얼굴은 금방이라도 눈물을 흘릴 것 같았다.

"그게 뭐예요? 사람이면서도 신이라는 건가요?"

그녀는 고개를 살래살래 가로저었다.

"저는… 당신이 신이라는 사실이 무서워요. 제가 사랑한 이 강도는 사람이었어요."

강도는 유빈의 심정을 십분 이해하고도 남았다.

"당신이 저처럼 피와 살… 뼈로 이루어진 사람이었으면 좋겠어요."

강도는 무거운 그 무엇이 가슴을 짓눌렀다.

"제 욕심인가요?"

"아냐."

강도는 두 손을 뻗어 유빈의 얼굴을 감쌌다.

"나도 지금의 내가 신인지 사람인지 모르겠어."

그는 자신에게 다짐하듯 말을 이었다.

"그렇지만 유빈에겐 항상 사람일 거야."

"여보……."

"언젠가 내가 신이냐 사람이냐를 결정해야 할 때가 온다면 나는 기꺼이 사람을 선택할 거야."

신은 영원히 신이기를 원하고, 사람들은 언젠가는 신이 되기를 갈망한다.

그런데 여기 사랑하는 여자를 위해서 신을 포기하고 사람으로 남겠다고 말하는 이가 있다.

"내 말 믿지?"

"네."

유빈은 쓰러지듯이 강도의 품에 안겼다.

강도는 유빈의 등을 쓰다듬었다.

"이제부터 나는 바쁠 거야. 유빈은 어디에서 지내고 싶지?"

"전 부천 집에 있겠어요."

그녀는 강도의 입에 자신의 입술을 비비면서 속삭였다.

"두 어머니와 아빠가 새 만두 가게 오픈을 준비하시는 것을 도와 드리고 있을게요."

강도는 유빈의 혀를 살며시 빨면서 손으로 가슴을 가볍게 만졌다.

"이따 늦더라도 집에 갈게. 기다려."

유빈은 얼굴을 붉혔다.

"알겠어요."

강도가 유빈과 함께 밖으로 나서자 대기하고 있던 차동철과 진희, 염정환이 급히 허리를 굽혔다.

강도는 세 사람의 어깨를 두드렸다.

"신후를 잘 부탁한다."

강도는 차동철과 진희, 염정환의 월급을 매월 천만 원씩 지급하도록 한아람에게 말해두었다.

이즈음 한아람은 강도의 경리 역할을 하고 있다.

구인겸은 강도가 넘겨준 요족의 정제순혈을 만드는 시스템을 계속 가동하여 정제순혈을 꾸준히 생산하고 있다.

또한 그것을 강도가 지시한 대로 대한민국을 비롯한 전 세계에서 불치병으로 죽어가는 아이들과 부녀자들, 소외된 계층을 위해서 사용하고 있다.

그런가 하면 외국의 병원에서 정제순혈이 꼭 필요하다는
주문이 있으면 팔아서 막대한 수입을 올리고 있고, 그 돈은
강도의 계좌에 차곡차곡 쌓이고 있다.

현재 강도의 계좌에는 약 5조 원 정도가 들어 있으며 하루
에 수천억 원씩 불어나고 있다.

강도는 주봉 옥령을 떠올렸다.

누군가의 생각을 읽는 것하고는 달리 지난번에 강도의 정신
이 그녀에게 들어갔었기 때문에 그녀를 떠올리는 것 즉, 발상(發
想)을 하면 그녀의 모든 것을 실시간으로 느끼고 알게 된다.

―옥령. 지금 와라.

"아……!"

목욕을 하던 옥령은 화들짝 놀랐다.

"주… 군?"

―그래. 어서 와라.

강도가 뇌 속에 들어 있는 것처럼 그의 목소리가 들렸다.

"또 제 머릿속에 들어오신 건가요?"

옥령은 자신이 목욕을 하는데 강도의 정신이 머릿속에 들
어 왔을까 봐 노심초사했다.

―아냐.

"그럼……."

─잊었어? 지난번에 유빈네 집에서 내가 옥령의 머릿속에 들어갔던 적이 있었잖아.

"……."

옥령의 가슴속에서 불길함이 스멀거렸다.

그녀는 목욕하던 손을 멈추고 바짝 긴장했다.

"그… 래서요?"

─그때부터 내가 옥령을 떠올리기만 하면 그 즉시 내가 옥령이 되는 거야.

"도련님이 제가 된다고요?"

다급하니까 '도련님'이란 호칭이 튀어나왔다.

─그래.

"그럼 제가 지금 뭐 하는지도 아시는 건가요?"

─알지. 지금 목욕하고 있잖아.

"……."

─오른손으로 왼쪽 찌찌 만지고 있네.

"아……."

옥령은 몸에 비누칠을 하던 중에 자신의 오른손이 왼쪽 유방에 멈춰 있는 것을 내려다보았다.

─찌찌가 좀 커진 거 같군.

"도… 련님."

―그리고 왼손은…….

"그만!"

―왜 거길 만지고 있는 거지?

옥령의 왼손은 사타구니에 멈춰 있다.

―자위해?

옥령은 머리가 하얘졌다.

―지금 느끼고 있는 그 느낌은 뭐지? 오르가즘이야?

마침내 옥령은 폭발했다.

"아악! 도련님! 만나면 볼기를 때려줄 거야!"

강도는 자미룡, 음브웨를 데리고 청와대에 갔다.

옥령은 서둘러 목욕을 끝내고 청와대에 합류했다.

대통령은 강도를 보자마자 급히 물었다.

"미스터 리! 소백산 화산과 울산 지진은 뭐요? 그거 마족이나 요족이 일으킨 겁니까?"

"그렇습니다."

대통령은 얼굴이 해쓱해졌다.

"막을 방법이 없는 거요?"

"지금 노력하고 있습니다."

대통령은 자리에 앉기도 전에 질문을 쏟아냈다.

"설마 그거 마족 짓이오? 아니면 요족입니까?"

"마족입니다."

대통령은 그럴 줄 알았다는 표정이다.

"그들이 어떻게 화산과 지진을 일으킨 겁니까?"

"대통령님."

강도는 정색을 했다.

"침착하십시오."

"아… 미안하오."

소회의실에는 강도 일행 외에 대통령과 국방장관, 합참의장, 경찰청장, 법무장관, 경호실장, 민정수석 등 꼭 필요한 사람만 테이블에 둘러앉아 있다.

"제가 여러분 머릿속에 어떤 지식을 심어줄 겁니다."

강도는 구구하게 설명하는 것보다는 그게 나을 거라고 생각했다.

대통령 옆에 앉은 강도가 말하자 대통령을 제외한 모두들 어리둥절한 표정을 지었다.

대통령은 강도의 신출귀몰한 능력에 대해서 어느 정도는 알고 있기에 그리 놀라지 않았다.

고지식한 용모의 국방장관이 물었다.

"그 말이 무슨 뜻입니까?"

"말 그대로 제가 알고 있는 지식의 일부를 여러분 머릿속에 심어주겠다는 겁니다."

"그게 가능합니까?"

대통령이 국방장관을 꾸짖었다.

"그냥 가만히 계세요."

"아… 네."

그래도 국방장관은 못미더워하는 얼굴을 지우지 못했다.

강도는 머릿속에서 마족이 화산과 지진을 마음대로 일으킬
수 있다는 사실과 마군의 규모, 그리고 마족의 신분 체제, 현
제의 상황 등에 대해서 간략하게 정리하고는 그것을 모두의
뇌리에 각인시켜 주었다.

대통령을 비롯한 모두들 눈을 껌뻑거리면서 크게 놀라는
표정을 지었다.

"아……."

모두들 새롭게 알게 된 사실을 인식하게 되었지만 그것을
현실로 받아들이는 데 어려움을 겪는 것 같았다.

하지만 그것은 그들의 몫이다.

강도는 삼신이나 자신이 마계의 소군주 키치키라이 하롬을
제압해서 수하로 삼았다는 지식은 전해주지 않았다.

해봐야 이들에게 도움이 될 것도 아니고 그것은 강도가 해
결할 일이다.

필요하게 되면 그때 가서 설명해 주면 된다.

여기에 있는 사람들은 마계나 요계에 대해서 기초적인 지식 정도는 알고 있다.

청와대에서 벌어졌던 일련의 사건에 대해서 대통령과 측근들에게 들었기 때문이다.

그렇지만 아직 피부로 느낄 정도가 아니어서 여전히 반신반의하는 얼굴들이다.

작금의 상황에 대해서 누구보다도 잘 알고 있는 대통령이 근심 어린 얼굴로 강도에게 물었다.

"어떻게 하면 되오?"

"생각 중입니다."

마계와 요계의 무서움을 아직 모르는 국방장관이 불쑥 끼어들었다.

"대통령님, 마계라는 것들이 먼저 공격했으니까 우리 군이 반격해야 합니다."

대통령은 그의 말을 귓등으로 듣고 강도에게 다시 물었다.

"화산 폭발과 지진이 또 일어나면 큰일입니다. 어떻게 해서든 막아야 하오."

"한국을 맡고 있는 하롬이라는 자와 얘기를 했습니다."

대통령은 강도가 심어준 지식들 중에서 '하롬'에 대해서 기억해냈다.

"마계 대왕의 막내아들인 키치키라이 하롬말이오?"

"그렇습니다."

"하롬은 지난번에 강도 씨가 이곳 청와대에서 죽인 페헤르 외르데그보다 상전입니까?"

"하롬은 영주인 페헤르 바로 위의 신분입니다."

대통령은 입술이 바짝 타는 것 같은 얼굴로 물었다.

"하롬하고 얘기가 어찌 됐소?"

"하롬을 제 부하로 만들었습니다."

대통령 얼굴에 처음으로 미소가 번졌다.

"오오… 정말 다행이오……!"

국방장관이 또 끼어들었다.

"그렇지만 그 하롬이라는 마족이 화산 폭발과 지진을 일으키지 않았소?"

"그가 한 짓이 아닙니다."

"소군주인 하롬이 대한민국을 맡았다고 하지 않았소? 그런데 그가 한 짓이 아니라면 누가 한 거요?"

"하롬의 형인 마쇼디크가 한국에 온 것 같습니다. 하롬 말로는 그자가 화산 폭발과 지진을 명령한 것 같다는 겁니다."

"마쇼디크? 그자도 소군주요?"

국방장관은 강도를 퇴마사 정도로 보기 때문에 못마땅하게 여기는 것 같았다.

대한민국의 막강한 군대의 우두머리인 그는 마계니 요계니

하는 것 자체를 믿지 않았고 설사 믿는다고 해도 무력으로 쓸어버리면 된다고 생각했다.

"그렇습니다. 하롬이 마쇼디크를 제지하러 갔으니까 조만간 어떤 결과가 나올 겁니다."

국방장관은 쉽게 물러서지 않았다.

"하롬이 마쇼디크인가 뭔가 하는 자를 제지하지 못하면 어찌 되는 거요?"

"마쇼디크를 죽이라고 지시했습니다."

"죽인다고?"

국방장관은 어이없는 표정을 지었다.

"하롬이 아무리 당신의 부하가 됐다고 하지만 형을 죽이라는 명령을 따를 것 같소?"

"따를 겁니다."

"하아… 이거야……."

국방장관은 강도하고 더 이상 얘기하는 게 무의미하다고 생각했는지 대통령에게 강한 어조로 말했다.

"군대를 보내서 마족이라는 것들을 몰살시켜야 합니다."

상황이 너무 다급해서 대통령이 조금 흔들리는 듯한 표정을 짓자 국방장관이 밀어붙였다.

"대통령님, 대한민국은 세계 7위의 군사 강국입니다. 마족이라는 것들이 대한민국을 침공해서 지옥으로 만들고 있는데 두 손 놓고 당해야만 한다는 건 말이 안 됩니다."

그는 손바닥으로 테이블을 탕탕 쳤다.

대통령이 자기 쪽으로 기울어지는 것 같자 국방장관은 강도를 다그쳤다.

"마족이라는 것들 소굴이 어디요?"

"아직 모릅니다. 알아보고 있는 중입니다."

국방장관은 답답하다는 듯 주먹으로 자기 손바닥을 쳤다.

"하아… 적의 소굴이 어딘지도 모르다니……. 이건 눈, 귀 다 가린 상태에서 당하는 겁니다."

그는 합참의장을 쳐다보았다.

"정보사령부에서는 마족에 대한 정보를 알아낸 게 없소?"

합참의장은 씁쓸한 표정을 지었다.

"전혀 없습니다."

"이거야, 어디……."

대통령이 굳은 얼굴로 강도를 쳐다보았다.

"마계나 요계에 대한 정보는 강도 씨만 알고 있소."

국방장관은 먹잇감을 발견한 것 같은 표정을 지었다.

"어째서 정보를 혼자만 갖고 있는 것이오? 우리하고 공유하면 안 되는 거요?"

강도는 굳은 얼굴로 미간을 찌푸렸다.

강도가 마계나 요계의 정보를 군대와 공유하는 것은 어려운 일이 아니다.

그러나 정보를 공유하면 군대가 가만히 있지 않을 것이다.

마족이나 요족이 있는 곳이라면 즉각 군대를 보내서 쑥밭을 만들 텐데 그러는 건 전혀 도움이 되지 않는다.

"마족은 목을 잘라야지만 죽습니다."

"그럼 목을 자르면 될 것 아니오?"

강도의 말에 국방장관은 대수롭지 않게 말했다.

그는 강도를, 아니, 마계나 요계의 침공을 가볍게 보는 것 같았다.

강도는 한남동 저택에 있는 태청을 불렀다.

[이리 오게.]

스으⋯⋯.

강도 뒤에 캐주얼 차림의 태청이 유령처럼 나타나는 것 보고 맞은편에 앉은 국방장관과 합참의장은 화들짝 놀랐다.

"어헛?"

"왓? 저기⋯⋯."

태청은 강도의 뒷모습을 향해 공손히 허리를 굽혔다.

"주군."

강도는 태청을 돌아보지도 않고 물었다.

"삼맹에서 가장 빠른 시간 안에 마계 작전 나가는 것이 있는지 알아봐라."

강도가 직접 이끄는 질풍대와는 별개로 삼맹에서는 꾸준히 마계와 요계를 소탕하러 나가는데 삼맹 하루 평균 10건 전후로 처리하고 있다.

태청은 트랜스폰을 열고 도맹 데이터베이스와 연결하여 확인하고 나서 대답했다.

"3분 후에 강서구 가양동 한동화학으로 범맹 전당 전칠조가 마계 소탕 나갑니다."

강도는 국방장관과 합참의장을 가리켰다.

"네가 저 두 분을 모시고 가서 견학 좀 시켜 드려라."

"충명."

태청은 공손히 허리 굽히고 나서 트랜스폰을 조작하고는 국방장관에게 다가갔다.

국방장관과 합참의장은 놀라고 겁먹은 얼굴로 엉거주춤 일어섰다.

"어… 딜 가는 거요?"

강도가 넌지시 말했다.

"두 분 다치게 하지는 말고 마족하고 어떻게 싸우는지 구경시켜 드려라."

"알겠습니다."

"어어……."

국방장관과 합참의장이 손을 내젓는데 태청이 재빨리 두

사람의 뒷덜미를 잡았다.

스으…….

순간 태청과 국방장관, 합참의장이 그 자리에서 감쪽같이
사라졌다.

"우아앗!"

국방장관과 합참의장의 다급한 외침이 터졌다가 아스라이
멀어졌다.

강도는 삼맹의 구인겸과 최정훈, 혜광을 청와대로 불렀다.

스스…….

강도와 대통령이 있는 자리에 세 사람이 앞서거니 뒤서거니
나타났다.

"주군."

구인겸과 혜광은 나타나자마자 앉아 있는 강도에게 무릎을
꿇으면서 부복했다.

강도를 동생으로 여기고 있는 범맹 최정훈은 머뭇거리고
있다가 급히 두 사람 옆에 부복했다.

대통령은 지난번에 국내 재계 1위 대양그룹 총수인 구인겸
이 강도에게 얼마나 깍듯한지 보았었다.

하지만 이번에는 세 사람이 한꺼번에 부복하자 익숙하지 않
은 광경에 적잖이 놀랐다.

대통령이 그런데 다른 사람들이 얼마나 놀랐는지는 구태여 설명할 필요가 없다.

"일어나라."

강도의 말에 세 사람은 조심스럽게 일어나서 나란히 섰다.

대통령과 법무장관, 경찰청장, 경호실장, 민정수석 등은 놀라면서도 긴장된 표정으로 세 사람을 주시했다.

그들은 구인겸을 보는 즉시 그가 대양그룹 총수라는 사실을 알아보았다.

강도는 먼저 마계가 화산과 지진을 일으킨 것에 관련된 지식을 구인겸을 비롯한 3명의 머리에 심어주었다.

세 사람은 움찔 놀랐으나 곧 평정심을 되찾았다.

강도는 대통령에게 세 사람을 소개했다.

"이들은 제 부하입니다."

구인겸은 물론이고 소림 장문인이었던 혜광과 무림을 쥐락펴락했던 유성추혼 최정훈의 풍모와 기도는 좌중을 압도하고도 남았다.

"현천."

"말씀하십시오."

"정부 부처의 요족 색출은 어떻게 됐지?"

지난번 청와대 사건 때 강도는 행정안전부, 농림축산부, 보건복지부 장관이 요족이며 그 3개 부 내에 요족들이 구석구석 심어져 있다는 사실을 알아냈었다.

대통령은 그 당시 그런 사실을 강도에게 들어서 알고 있었지만 그의 말을 듣고 어떠한 조치도 취하지 않았었기에 매우 궁금하게 여겨왔었다.

"여기를 보십시오."

구인겸은 자신의 트랜스폰을 조작해서 대형 벽걸이 TV와 무선으로 연결시켰다.

지난번 청와대 사건 이후 강도는 구인겸에게 정부 부처 내에 침투해 있는 요족들을 색출하라고 지시했었다.

"우선 보건복지부입니다."

TV에는 보건복지부 장관의 사진과 이름 따위 프로필이 떴고, 그 밑으로 장관 아래 직급의 사진과 프로필이 차례로 나타났다.

"보건복지부는 장관과 차관 이하 16명이 요족으로 밝혀졌습니다."

강도는 대통령을 쳐다보았다.

"어떻게 하시겠습니까?"

대통령은 복잡한 표정을 지었다.

"사실이면 처리해야지요."

구인겸은 연달아 TV에 안전행정부와 농림축산부의 요족 도합 42명의 프로필을 올렸다.

그뿐만 아니라 뒤이어 국방부와 법무부, 검찰청, 경찰청 요직에 침투해 있는 요족 57명도 일사천리로 밝혔다.

그걸 보고 있는 법무장관과 경찰청장의 얼굴이 하얗게 탈색되며 두 손을 내저었다.

"그럴 리가 없습니다……! 저들은 제가 자리를 걸고 신임하는 사람들입니다!"

"저건 뭐가 잘못된 것 같습니다! 제가 직접 확인할 수 있도록 해주십시오!"

대통령이 씁쓸한 표정으로 강도를 쳐다보았다.

"강도 씨, 나도 저건 믿기 힘드오."

강도는 미간을 좁혔다.

"이런 식이면 일하는 게 곤란합니다. 대통령님께서 무조건 믿으셔야 합니다."

"그렇지만 정부 부처에 저렇게 많은 요족들이 잠입했다는 걸 어떻게 믿을 수 있겠소?"

그때 혜광이 조용히 불호를 외웠다.

"아미타불… 주군께 드릴 말씀이 있습니다."

입으로는 불호를 외우고 있지만 혜광은 허연 수염에 정장을 입고 있는 멋들어진 노신사의 모습이다.

"뭔가?"

혜광은 대통령 등을 슬쩍 쳐다보고 나서 공손히 말했다.

"저들을 배제하고 주군께서 독단으로 일을 처리하시는 것이 옳을 듯합니다."

"음."

"앞으로 저들은 이런 식으로 계속 트집을 잡을 겁니다."

법무장관이 발끈했다.

"트집이라니!"

그는 일어나서 강도를 보며 강하게 항의했다.

"당신, 여기가 어디라고 생각하는 것이오?"

"무엄하다!"

혜광이 쩌렁한 목소리로 꾸짖으면서 법무장관을 향해 팔을 뻗었다.

휘익!

순간 법무장관이 밧줄에 묶여서 끌려오듯이 혜광에게 쏜살같이 똑바로 끌려와 목이 그의 손아귀에 잡혔다.

"끄윽……."

혜광은 강도에게 공손히 청했다.

"주군, 신성 모독의 대죄를 저지른 이자를 즉결 처형할 수 있도록 윤허해 주십시오."

상황이 이상하게 흘러가자 대통령 이하 모두들 어리둥절하면서도 몹시 놀랐다.

대통령이 진화에 나섰다.

"강도 씨, 이건 심한 것 같소."

구인겸이 발끈해서 대통령을 가리켰다.

"입 닥쳐라."

"……."

대통령은 멍해졌다.

원래 재계 인사들은 고위 관료들의 밥이다.

더구나 상대는 고위 관료들의 우두머리 즉, 대통령인데 구인겸이 반말로 호통을 쳤으니 미치지 않고서야 있을 수 없는 일이다.

구인겸은 강도에게 허리를 굽혔다.

"주군, 저 어리석은 자들을 배제하자는 혜광의 말에 저도 동의합니다."

경호실장과 민정수석은 강도가 누군지는 모르지만 그의 실력이 얼마나 대단한지 알기 때문에 앉은 자리에서 꼼짝도 하지 않았다.

대통령이 가볍게 헛기침을 하고 나서 강도에게 말했다.

"강도 씨, 그를 놔두라고 하시오."

혜광이 발끈했다.

"감히 누구에게 명령이냐?"

"……."

대통령은 어이없는 표정을 지었다.

혜광이 대통령을 꾸짖었다.

"너는 이분이 누구라고 생각하느냐?"

절대자를 옹위하고 있는 혜광 등의 눈에 대통령은 그저 벌레 정도일 뿐이다.

대통령은 어이없는 표정을 지었다.

지난번에 구인겸은 강도를 일컬어 '절대자'라고 했었다.

하지만 그건 어디까지나 자기들끼리의 절대자라는 뜻일 뿐이지 사전적인 의미는 아닐 것이고 절대로 그럴 리가 없다고 생각했었다.

"그는… 당신들의 윗사람이 아니오?"

대통령은 혜광과 구인겸이 자신에게까지 반말을 하는 걸 몹시 불쾌하게 여겼지만 이 기회에 어째서 이들이 강도를 신처럼 떠받드는지 이유를 알고 싶어서 불쾌함을 참았다.

혜광은 엄숙하게 말했다.

"이분께선 우리의 주인이시며 너희들의 주인이기도 하시다."

"그게 무슨 말도 안 되는……."

대통령은 어이없는 표정을 지었다.

이번에는 구인겸이 쿵! 하고 발을 굴렀다.

"아둔한 놈! 너는 인간을 누가 만들었다고 생각하느냐?"

"그거야 하나님께서……."

대통령은 독실한 기독교 신자다.

"이분께서 인간과 천지만물을 창조하셨다."

얘기가 이쯤 되자 대통령은 강도와 그의 일행들이 장난을 하고 있다고 확실하게 믿었다.

그러지 않고서야 강도가 인간과 천지만물을 창조했다는 말을 어떻게 믿을 수 있겠는가.

지금 진행되고 있는 이것은 개그가 분명했다.

그러나 재미없고 불쾌한 개그다.

"강도 씨, 이건 하나님을 모독하는 것이오."

혜광이 대통령이 생각하는 개그에 찬물을 끼얹었다.

"너의 말은 신성 모독이다. 죽어 마땅하다."

"허어……."

강도는 혜광과 구인겸의 충언이 좋을지 잠시 생각하고 있다가 이윽고 결론을 내렸다.

"혜광, 그를 놔줘라."

혜광은 강도의 결정에 마음에 들지 않았지만 즉시 따랐다.

강도는 대통령에게 말했다.

"요족을 어떻게 할 겁니까?"

대통령은 여전히 결정을 내리지 못했다.

그때 법무장관과 경찰청장이 강한 어조로 대통령에게 말했다.

"모두 죽여야 합니다."

"요족이 분명합니다. 그들을 죽이는 게 첫걸음입니다."

"당신들……."

대통령은 조금 전까지 구인겸이 조사한 내용이 말도 안 된다면서 펄펄 뛰던 법무장관과 경찰청장의 돌변한 태도를 보며 어이없는 표정을 지었다.

그러다가 뭔가 짚이는 게 있어서 강도를 쳐다보았다.

"혹시 강도 씨가……."

강도는 담담한 표정으로 설명했다.

"이런 식으로 대통령님을 마음대로 조종할 수 있습니다. 그러나 저는 그러는 걸 원하지 않습니다."

대통령은 법무장관과 경찰청장을 쳐다보았다.

두 사람은 겉보기에 멀쩡했다.

대통령이 그들에게 강도를 가리키면서 물었다.

"두 분, 저 사람이 누구요?"

법무장관과 경찰청장은 이구동성 힘차게 대답했다.

"저의 주인이시며 만물의 창조주이십니다!"

"전지전능하신 절대자이십니다!"

"……."

망연자실해진 대통령은 결국 정부 부처에 침투한 요족들을 죽이라는 명령을 내릴 수밖에 없었다.

그러자 제정신이 돌아온 법무장관과 경찰청장이 미친 듯이 날뛰었다.

"대통령님! 그러시면 안 됩니다!"

"저자들 농간을 믿고 이러시면 크게 후회하실 겁니다!"

대통령은 씁쓸한 표정을 지었다.

스으······.

"돌아왔습니다."

양손에 국방장관과 합참의장의 뒷덜미를 잡고 있는 태청이 돌아와서 강도에게 공손히 허리를 굽혔다.

대통령 등의 시선이 국방장관과 합참의장에게 쏠렸다.

국방장관과 합참의장 얼굴은 귀신을 본 것처럼 하얗게 질려 있었다.

조금 전에 큰 곤욕을 치러서 아직도 마음이 편하지 않은 대통령이 물었다.

"국방장관, 무엇을 보았소?"

국방장관은 대통령의 말을 듣지 못했는지 멍한 표정에 초점 없는 시선을 허공에 두고 있었다.

"국방장관."

"어······."

대통령이 재차 부르자 그제야 국방장관은 멀뚱하게 대통령을 쳐다보았다.

"무얼 본 것이오?"

"으으… 인간들과 마족들이 싸우는 광경을 봤습니다……."

"어땠소?"

국방장관과 경찰청은 부르르 몸서리를 쳤다.

"마족이라는 것들은 괴물이었습니다……. 하늘을 날아다니고 여기저기에서 번쩍이면서 무기를 휘두르는데……."

"군대로는 마족을 상대하는 게 어려울 것 같습니다. 그들은 악마입니다, 악마……."

범맹 전칠조 18명이 마족 60여 명과 벌이는 전투를 지척에서 지켜본 국방장관과 합참의장은 제정신이 아니다.

"놈들은 심장이 찔리고 팔다리가 잘라져도 소름끼치도록 무섭게 덤벼들었습니다… 반드시 목을 잘라야지만 죽더군요……."

대통령은 신음 소리를 냈다.

"음."

국방장관은 착잡한 표정으로 말했다.

"그런 괴물이 대한민국에 40만이나 들어왔다니… 도저히 가망이 없습니다."

강도는 생각을 조금 바꿨다.

"해병대와 특전사의 도움이 필요합니다."

일반병이 아닌 해병대와 특전사라면 마족이나 요족을 상대할 수 있을 거라 생각했다.

또한 병기가 우수하므로 해병대나 특전사가 마족의 머리를 통째로 날려 버리면 될 것이다.

전투에서 강도의 부하들이 주(主)가 되고 군대는 부(副)가 되는 것은 당연하다.

어쩌면 무림 고수들과 해병대—특전사가 손을 잡으면 괜찮은 그림이 나올 수도 있다.

마족의 무서움을 직접 겪어본 국방장관과 합창의장은 뜨악한 얼굴로 강도를 쳐다보았다.

"도움이 되겠습니까?"

"되도록 해야지요."

국방장관이 고개를 숙였다.

"준비하겠습니다."

그는 매우 공손해졌다.

강도는 정훈을 불렀다.

"추혼."

"하명하십시오."

"자네가 군대를 맡게."

"명을 받듭니다."

"혜광."

이번에는 혜광을 불렀다.

"말씀하십시오."

"해군 진해사령부가 요계 아지트라는 사실 알고 있나?"

"들었습니다."

"질풍대에게 브리핑 받고 진해사령부 소탕하게."

혜광은 공손히 허리를 굽혔다.

"명을 받듭니다."

"그리고."

강도는 잠시 말을 끊었다가 지시했다.

"진해사령부 소탕하는 데 전력이 얼마나 필요할 거 같은가?"

"브리핑 받아본 결과 협당 전원이면 될 것 같습니다."

외전사 세 번째인 협당 전원의 전력이라면 두 번째 용당 5개 조, 첫 번째 무당 2개 조와 맞먹는다.

요족이 장악한 진해사령부에 대한 브리핑은 강도도 들었다.

혜광은 요족 진해사령부를 과소평가하고 있는 것 같다.

설혹 협당만으로 소탕할 수 있다고 하더라도 한 번 발걸음에 완벽하게 소탕하는 것이 좋다.

"무당 5개 조를 데리고 자네가 직접 가게."

혜광은 조금 놀라는 표정을 지었다가 강도의 뜻을 깨닫고 곧 허리를 굽혔다.

"명을 받듭니다."

"불맹의 무당 5개 조를 제외한 외전사 전원을 혜광이 없는 동안 추혼이 지휘하도록 하게."

강도는 하롬이 둘째 형 마쇼디크를 설득하거나 죽이는 데
실패했을 경우, 그리고 또 다른 변수가 생겼을 때를 대비하려
는 것이다.

손 놓고 있다가 허를 찔릴 수는 없었다.

"충명."

정훈이 허리를 굽혔다가 펴기도 전에 강도의 명령이 계속
이어졌다.

"도맹, 범맹 외전사 전원을 비상 대기시키게."

강도가 명령하는 동안 대통령 등은 긴장한 표정으로 침묵
을 지켰다.

"도연아."

"네!"

뒤쪽에 서 있던 자미룡이 깜짝 놀라서 크게 대답했다.

"네 팀을 이끌고 가서 정부 부처에 잠입해 있는 요족들 소
탕해라."

"충명!"

"그놈들 집에 가족들 데려다놓고 함께 살고 있을 테니까 한
놈도 놓치지 마라."

"알았어요."

"태청."

"하명하십시오."

질풍대장 태청이 허리를 굽혔다.

"질풍대 2개 팀을 이리 보내서 지키도록 해라."

강도는 마계, 요계와 전쟁이 벌어지면 놈들이 제일 먼저 대통령을 노릴 거라고 예상했다.

"내가 청와대 전체에 결계를 쳐두겠다. 그렇지만 결계를 믿지 말고 대통령님과 가족들을 잘 모시도록 해야 한다."

"명을 받듭니다."

강도는 자신이 일신결계를 쳐준 음브웨가 마족에게 당해서 중상을 입었던 사실을 염두에 두고 있었다.

강도가 일신결계를 쳐준 사람들 중에서 아직까지는 음브웨만 마족에게 당했는데 한 사람이 당했으면 다른 사람들도 당할 수 있었다.

강도가 소회의실에서 나오는데 마침 그 앞을 지나던 혜원이 그를 발견하고 반색하며 달려들었다.

"오빠!"

그녀는 주위의 시선 따위는 아랑곳하지 않고 강도의 품으로 뛰어들어 안겼다.

"언제 오셨어요?"

"어… 조금 아까."

대통령의 둘째 딸 혜원은 강도가 연인이나 친오빠쯤 되는 것처럼 굴었다.

그녀는 두 팔로 그의 허리를 꼭 안고 가슴에 뺨을 비비며 어리광을 부렸다.

"저한테 시간 좀 내줄 수 있죠?"

"어… 그게."

21살치고는 유난히 풍만한 가슴이 물컹거리자 강도는 혜원을 떼어내려고 했다.

그러나 그녀는 그의 허리를 안은 두 팔에 더욱 힘을 주었다.

"꼭 할 말이 있어요."

"무슨 말인데?"

절대자이며 창조주 디오일지도 모르는 강도지만 당돌한 혜원 앞에서는 무력했다.

절대자라고 다 잘하고 다 아는 게 아닌 것 같다.

여자를 잘 아는 건 바람둥이지만 강도는 바람둥이가 아니다.

혜원이 정면에서 워낙 힘껏 끌어안은 바람에 강도 아랫도리의 묵직한 그것이 그녀의 그곳을 지그시 짓눌렀다.

강도가 느낄 정도면 혜원도 느꼈을 텐데 앙큼한 것이 얼굴을 붉히면서도 그대로 가만히 있었다.

"언니하고 저하고 오빠에게 할 말이 있어요."

사실 혜원과 언니 혜수는 강도가 일신결계를 쳐준 그날 그 순간부터 그에게 흠뻑 빠져 버렸다.

자매 둘 다 알몸으로 강도에게 실컷 주물러졌기 때문인 것은 아주 작은 이유에 불과했다.

아니, 그것은 도화선이었다.

자매는 강도의 매력에 사로잡혀서 그날 이후 한시도 그를 잊지 못하고 시쳇말로 상사병을 앓고 있는 중이다.

그러고 보니까 저만치에서 언니 혜수가 이쪽을 말끄러미 바라보고 있다.

강도하고 눈이 마주치자 혜수는 꾸벅 인사를 하고는 얼굴이 빨개져서 고개를 폭 숙였다.

혜원이 강도에게 안기는 바람에 뒤따르던 음브웨와 대통령, 국방장관 등이 모두 멈춰서 바라보고 있다.

구인겸과 혜광, 정훈, 태청, 자미룡은 강도의 명령을 받고 소회의실 안에서 이동간으로 떠났다.

"혜원아, 강도 씨 바쁘시다."

대통령의 말에 이때다 하고 강도는 혜원의 머리를 잡고 지그시 밀어냈다.

"혜원아, 나중에 얘기하자."

혜원은 그에게서 떨어지지 않으려고 버둥거리면서 그의 가슴에 입을 대고 속삭였다.

"오빠, 저 죽을지도 몰라요."

일이 이쯤 되자 강도는 혜원에게 무슨 일이 있는지 그녀의 머리를 스캔하지 않을 수가 없었다.

그러고 나서 강도는 쓴웃음이 났다.

혜원과 혜수 자매가 강도에게 푹 빠져 있는 사실을 알아낸 것이다.

그렇지만 강도의 쓴웃음은 곧 사라졌다.

자매의 짝사랑이 워낙 심해서 마치 불치병을 앓고 있는 것 같은 상황이다.

그냥 혜원의 말을 들었으면 웃어넘길 수 있었겠지만 그녀의 머릿속을 스캔해서 상태를 다 알고 나니까 이건 심각함 그 이상이다.

자매는 하루 종일 강도만 생각하고 그에 대해서만 대화를 나누며 상상하느라 아무것도 못 하고 있었다.

'이걸 어쩐다?'

혜원과 혜수 자매는 아름답고 늘씬하며 나무랄 데 없이 건전한 사고방식을 지니고 있으므로 대한민국 여자들 중에 상위 1%라고 할 수 있다.

하지만 그러면 뭐 하겠는가?

강도에겐 유빈이 있으며 더 중요한 건 그에게 여성 편력 같은 취미가 없다는 사실이다.

결국 강도는 혜원 자매에게 마지막 방법을 취할 수밖에 없다고 판단했다.

즉, 자매의 뇌리에서 강도를 짝사랑하는 마음을 사라지게 만드는 것이다.

그건 간단한 일이라서 강도는 즉시 실행했다.

"아… 머리야……."

그런데 혜원이 갑자기 두 손으로 머리를 감싸 안으면서 바닥에 주저앉았다.

아니, 혜원뿐만 아니라 저만치 서 있던 혜수는 아예 바닥에 쓰러져서 고통스럽게 신음을 흘리며 꿈틀거리고 있다.

강도가 스캔해 보자 자매는 머리가 깨질 것처럼 아파서 몹시 고통스러워하고 있었다.

뭐가 잘못된 것인지 찾아보았지만 알 수가 없었다.

그냥 뇌의 회로가 멋대로 뒤엉켜 버렸다.

강도는 그녀들을 원상회복시켜 주면서 고개를 갸웃거렸다.

'사랑은 뇌로 하는 게 아닌가?'

하롬은 저녁이 됐는데도 서울 시내 여기저기를 어슬렁거리고 있었다.

강도는 떨어져 있어도 하롬이 어디에서 무엇을 하고 있으며 무슨 생각을 하고 있는지 훤하게 알고 있다.

하롬은 자신이 강도, 아니, 디오에게 제압됐으며 자신의 일거수일투족이 실시간으로 디오에게 알려진다는 사실을 알고 있기 때문에 함부로 행동하지 않았다.

하롬은 엔젤그룹 근처에는 얼씬도 하지 않았다.

마계는 지금까지 엔젤그룹을 거점으로 삼고 있었는데 그곳이 강도에게 박살 난 마당에 더 이상 그곳에 갈 일이 없다.

그렇다고 해서 마계가 장악한 곳이 엔젤그룹 한 군데만 있는 게 아니다.

토끼가 벌판이나 산에 여러 개의 굴을 파놓고 있는 것처럼 마계도 중간 거점을 여러 곳 확보해 놓았다.

그렇지만 하롬은 마계의 중간 거점에는 가지 않았다.

강도가 보기에 하롬은 그저 여기저기 돌아다니면서 시간을 보내고 있었다.

하롬이 염려하는 것은 크게 두 가지였다.

하나는 자신이 디오에게 제압되어 그의 꼭두각시가 되었다는 것이다.

또 하나는 둘째 형 마쇼디크가 정말 한국에 왔으며 그가 소백산 화산 폭발과 울산의 지진을 일으켰느냐는 것이다.

결국 하롬은 자신의 심복 부하인 질코스 아르네크를 불렀다.

디오가 알게 되더라도 궁금한 것은 풀어야 하기 때문이다.

"마쇼디크가 왔느냐?"

"그렇습니다."

강남의 근사한 술집에서 혼자서 술을 홀짝거리고 있는 하롬을 찾아온 질코스 아르네크가 공손히 대답했다.

하롬은 바텐의 자기 옆자리를 가리키며 물었다.

"마쇼디크가 화산 폭발과 지진을 명령한 것이냐?"

"그렇습니다."

아르네크는 바텐더 아가씨가 자신의 앞에 갖다 놔준 얼음 넣은 잔을 굽어보면서 말했다.

"마쇼디크우르께서 하롬우르 님을 찾고 계십니다."

하롬은 대답하지 않고 위스키 온 더 록을 마셨다.

하롬이나 아르네크는 인간의 정혈을 많이 흡수하여 이미 완벽하게 인간의 모습으로 변신한 상태다.

"마쇼디크가 왜 온 거냐?"

"그건 모르겠습니다."

"국왕으로부터 이곳 전권을 받은 것 같더냐?"

하롬의 심복 중에서도 심복인 아르네크는 하롬에게 감추는 것이 없다.

"그런 것 같았습니다."

하롬은 눈살을 찌푸렸다.

"국왕께서 어째서 갑자기 마쇼디크를 보낸 거야?"

"제가 듣기로는……."

아르네크가 말끝을 흐리자 하롬은 미간을 좁혔다.

"말해봐라."

하롬은 자신과 아르네크의 대화를 디오가 알게 될 거라고 생각했지만 궁금해서 견딜 수가 없었다.

또한 디오가 이 정도는 알아도 될 거라는 생각도 있었다.

"마쇼디크우르께서 새로운 계획을 갖고 오신 것 같습니다."

"무슨 계획?"

하롬의 얼굴에 불안함이 스멀거렸다.

"잘 모릅니다만 한국을 이용해서 한국과 중국 둘 다 쓰러뜨린다는 것 같았습니다."

하롬은 움찔 놀랐다.

"한국을 이용해서 한국과 중국 둘 다 쓰러뜨려?"

제일 먼저 떠오르는 생각은 한국과 중국을 서로 싸움을 붙인다는 즉, 전쟁을 하게 만든다는 것이다.

"자세히 설명해 봐라."

"그 이상은 저도 모릅니다."

아르네크는 여자처럼 아름다운 얼굴이지만 무표정하게 하롬을 살펴보았다.

"그런데 왜 마쇼디크우르를 만나지 않으십니까? 그분을 만나면 다 알게 될 겁니다."

하롬의 얼굴에 착잡한 표정이 가득 떠올랐다.

디오에게 대한민국을 침공하는 일을 당장 멈추고 여의치 않을 경우에는 마쇼디크를 죽이라는 명령을 받았지만 시간이 지날수록 그러면 안 된다는 생각이 점점 더 강해졌다.

"하롬우르."

"섹헤이(Székhely:본부)에 가지 않으실 겁니까?"

하롬은 술을 마시고 나서 굳은 얼굴로 대답했다.

"나는 당분간 현 세계에 있겠다."

"하롬우르께서 가지 않으셔도 마쇼디크우르께서 계획을 진행하실 겁니다."

하롬은 술잔을 만지작거리면서 중얼거렸다.

"아르네크."

"말씀하십시오."

"너 내 명령이라면 뭐든지 할 수 있느냐?"

"그렇습니다."

바텐더 아가씨가 잔에 위스키를 다 따르기를 기다렸다가 하롬이 말했다.

"나를 죽여다오."

악어에게 한번 물리면 물속으로 끌려 들어갈 수밖에 없다.

하롬이 디오에게 제압됐다면 그보다 더하면 더했지 못하지 않을 것이다.

그러니까 하롬 자신이 죽어야지만 디오에게서 자유로워질

수 있을 거라는 생각이다.

"……."

무표정한 아르네크의 얼굴에 움찔 놀라움이 떠올랐다.

"하롬우르……."

그때 하롬이 고개를 들더니 자리에서 벌떡 일어섰다.

"가자."

아르네크는 계산대로 걸어가는 하롬을 뒤따랐다.

"어디로 가십니까?"

"섹헤이에 돌아간다."

방금 전에 하롬의 머릿속으로 강도의 정신이 들어왔다.

하롬은 섹헤이에 복귀하지 않고 당분간 현 세계에 머물러 있을 생각이었다.

하지만 곧 생각을 바꿨다.

언제까지 현 세계에 머물 수는 없는 일이다.

그러다가는 조만간 디오에게 붙잡혀서 하롬 자신이 원하지 않는 일들을 하게 될 것이 분명하다.

그래서 하롬은 결국 죽음까지 각오했다.

자신이 둘째 형 마쇼디크를 만나면 디오가 마쇼디크를 죽일 것이라고 생각했다.

디오의 목적은 마계, 아니, 푈드빌라그의 멸망이다.

디오는 현 세계의 신이다. 그러므로 푈드빌라그 같은 건 어떻게 된다고 해도 상관하지 않을 것이다.

태곳적에 디오가 모든 인간을 창조했으며, 이슈텐과 뭄바가 대빙하기를 일으켜서 각각 두 무리의 인간들을 푈드빌라그와 페르다우로 이끌고 갔다는 디오의 말은 믿을 수 있을 것 같다.

아니, 믿을 수밖에 없다.

그래야지만 지저세계 푈드빌라그의 엠베르와 외방계 페르다우의 와다무들이 어떻게 해서 그곳에 머물게 되었는지가 설명이 되니까 말이다.

디오의 말대로라면 이슈텐과 뭄바가 디오의 창조물 인간들을 빼돌려서 지금의 엠베르와 와다무로 만들었다.

그래서 그게 어쨌다는 말인가.

수십만 년 전에는 디오의 인간들이었지만 지금은 현 세계의 인간들이 질겁하는 마족, 요족이 돼버렸다.

디오가 마족과 요족을 다 끌어안아서 현 세계의 인간들하고 평화롭게 살도록 해줄 리는 없다.

지구상의 인간들은 무려 70억 명이나 된다.

축복받은 환경 속에서 인간들은 아무 탈 없이 자손을 퍼뜨려서 지구를 완전히 뒤덮어 버렸다.

반면에 햇빛도 들지 않는 지저 수십 km의 깊고 열악한 환경에서 악착같이 살아남은 필드빌라그의 엠베르는 다 합쳐봐야 기껏 1억 명을 넘지 못했다.

70억 대 1억이다.

그것만 봐도 필드빌라그가 얼마나 가혹한 환경인지 짐작할 수 있을 것이다.

요계 와다무에 대해서는 자세히 모르지만 그들도 번창하지는 못했을 것이다.

그러니까 페르다우를 버리고 현 세계에서 살기 위해서 기웃거리고 있는 게 아닌가.

필드빌라그에서 가장 좋았던 환경이라고 해도 현 세계에서 최악의 척박한 환경보다도 못한 곳이었다.

그런 곳에서 30만 년 동안 살아온 엠베르들은 이제 지상 낙원인 킨트빌라그의 현 세계에서 살 자격이 있다.

그런데 디오가 엠베르와 와다무들을 몰살시키려고 한다.

하롬은 자신이 디오를 도와서는 안 된다는 결론을 내렸다.

그렇지만 하롬이 살아 있는 한 디오의 꼭두각시에서 벗어나지 못할 것이다.

그래서 디오에게 할 수 있는 유일한 저항 즉, 죽음을 선택했던 것이다.

그렇지만 하롬은 죽지 못했다.

디오가 그를 내버려 두지 않았다.

강도는 하룸이 쓸데없는 말이나 행동을 하지 못하도록 정신을 완전히 제압해 버렸다.

그런 상황에서는 겉모습만 하룸일 뿐 내면은 강도가 지배하고 있다.

강도는 질코스 아르네크를 따라서 가까운 지하철역으로 들어갔다.

에스컬레이터를 타고 지하 깊숙이 내려가는 동안 강도는 한 칸 아래 서 있는 아르네크를 제압했다.

아르네크에게 손을 대지도 않고 그저 장신을 제압해 버렸다.

아르네크는 가볍게 움찔하더니 곧 아무 일도 없는 것처럼 에스컬레이터 아래를 주시했다.

그러나 제압당한 아르네크 당사자는 그 사실을 전혀 느끼지 못했다.

강도는 이번에 새로운 시도를 했는데 제압당한 당사자가 그 사실을 알아차리지 못하게 하는 것이다.

이제부터 아르네크는 정신이 제압된 상태에서도 자신의 할 일을 묵묵히 할 것이다.

그리고 필요할 때 강도가 아르네크를 컨트롤하면 된다.

두 사람은 아무 말도 하지 않고 지하철에 탔다.

그다지 복잡하지 않은 지하철 안에서 나란히 서 있는 북유럽의 잘생긴 두 사람의 모습은 많은 사람의 이목을 끌기에 충분했다.

사람들이 힐끗거리며 쳐다보고 있지만 두 사람은 컴컴한 창밖만 응시하고 있다.

아르네크가 정면을 보면서 뭐라고 중얼거렸다.

쮈드빌라그의 언어로 말했지만 강도는 알아들었다.

아니, 하롬이 알아들은 생각을 읽었다.

"부하들은 모두 하롬우르게 충성하고 있습니다."

라는 뜻이었다.

"마쇼디크를 따라온 자들이 있느냐?"

"페헤르외르데그 2명과 질코스 한 명, 빌람 5명, 렐레크부바르 20명입니다."

"아예 이사를 왔군."

하롬이 말하고 생각하는 동안 강도는 잠자코 있었다.

하롬과 아르네크는 지하철을 갈아탔다가 1호선 신도림역에서 내렸다.

두 사람은 에스컬레이터를 타고 위로 올라가지 않고 승강장 끝으로 걸어가서 철길로 뛰어내렸다.

어두컴컴한 철로 가장자리를 따라서 20m쯤 걸어가자 앞선 아르네크가 멈추고 벽 쪽에 있는 문을 열며 하롬이 먼저 들어가기를 기다렸다.

탁!

문을 닫고 길게 이어진 복도를 걷다가 오른쪽으로 꺾고는 아르네크가 오른쪽 벽에 손을 뻗었다.

방금 전까지 그저 벽이었는데 아르네크가 손을 뻗는 순간 그곳에 하나의 문이 생겼다.

척!

문 안쪽은 반 평 남짓 크기의 공간인데 하롬과 아르네크가 그 공간에 나란히 서서 문을 닫자 갑자기 그 공간이 아래로 쑥 하강했다.

스우웅—

하롬의 뇌에서 침묵하고 있는 강도는 지금 타고 있는 게 엘리베이터라는 걸 알았다.

그것은 하나의 커다란 상자 같은 것인데 아무런 장치도 없었다.

과연 무엇을 동력으로 작동하는 것인지 모를 일이다.

하나는 분명하다.

이 엘리베이터를 서울지하철공사가 만들지는 않았을 것이라는 사실이다.

우우웅—

엘리베이터는 계속 하강했다.

속도를 느낄 수 없으니까 얼마나 내려왔는지도 알 수 없을 텐데 강도는 본능적으로 지하 5km 이하까지 내려왔다는 사실을 느낄 수 있다.

가장 깊은 바다인 필리핀해구가 10km가 넘으니까 지저 5km는 깊다고 할 수 없다.

두우운…….

그때 엘리베이터가 멈추고 문이 열렸다.

아르네크와 하롬이 내리자 앞에 늘어서 있던 11명의 마족들이 일제히 허리를 굽혔다.

"하롬우르!"

그들은 마계 7위 빙악 한 명과 8위인 귀부, 귀매 10명이다.

그들 모두는 인간이 아닌 빙악과 귀부, 귀매 본래의 모습을 하고 있었다.

빙악이니 귀부, 귀매는 현 세계 인간들이 붙여준 별명이고 쾰드빌라그에서는 빙악을 커토너(Katona:전사), 귀부는 허르초시(Harcos:용감한 남자) 귀매는 헤르초스(Hearcis:용감한 여자)라고 불린다.

그들 모두는 붉은색의 쇠붙이 같은 것을 허리에 차고 있는데 무기인 것 같았다.

그리고 목에 회색의 링 같은 쇠붙이 목걸이를 하고 있다.

하롬은 고개를 끄떡이고 걷다가 뒤돌아보았다.

물론 강도가 뒤돌아보게 한 것이다.

두 사람이 내린 엘리베이터의 문이 막 닫히고 있었다.

그런데 그곳은 그저 돌로 된 검측측한 색의 암벽이었다.

문이 닫히니까 그 안에 엘리베이터가 있을 거라고는 상상되지 않았다.

허르초시와 헤르초스들은 엘리베이터 벽 앞에 서 있고 그들의 지휘관인 커토너가 하롬 뒤를 바싹 따랐다.

"하롬우르."

커토너가 재빨리 옆으로 와서 도시락 크기의 작은 금속 상자를 공손히 내밀었다.

하롬은 걸으면서 그것을 받아 뚜껑을 열었다.

상자 안에는 은색의 링과 은색의 쇠붙이가 들어 있었다.

하롬이 링을 꺼내 목 근처에 갖고 가니까 저절로 스릉, 하는 소리를 내며 목걸이처럼 목에 둘러졌다.

그리고 은색 뭉툭한 은색 쇠붙이를 오른쪽 골반 쪽에 갖다 대자 저절로 그곳에 부착되어 마치 권총 같은 모양이 됐다.

커토너는 다시 한 번 허리를 굽히고 나서 원래 자리로 돌아갔다.

"이봐, 너."

하롬이 뒤돌아보며 부르자 커토너가 멈춰서 돌아섰다.

"내가 왔다는 것을 마쇼디크에게 보고하지 마라."

"알겠습니다."

커토너가 허리를 굽히는 것을 보고 나서 하롬이 다시 걷기 시작했다.

엘리베이터가 있는 암벽 앞쪽으로는 폭 10여 m 정도의 제법 넓은 동굴 같은 것이 길게 뻗어 있으며 벽에 빛을 내는 등 같은 것이 걸려서 주위를 흐릿하게 밝혀주었다.

하롬과 아르네크는 통로 같은 동굴을 발소리를 내면서 걸어갔다.

저벅저벅…….

모퉁이를 돌자 뜻밖에도 그곳에는 검은색의 두 마리 짐승이 엎드려 있고 그 옆에 허르초시와 헤르초스가 한 명씩 서 있었다.

짐승은 망아지 정도 크기이며 등에는 은색과 붉은색의 안장이 깔끔하게 얹혀 있었다.

허르초시와 헤르초스가 두 사람에게 허리를 굽힌 다음 짐승을 일으켜 세웠다.

하롬과 아르네크가 안장에 앉자 두 마리 짐승이 푸르르! 하는 입소리를 내며 달리기 시작했다.

허르초시와 헤르초스는 멀어지는 하롬과 아르네크의 등에 대고 허리를 굽혔다.

우두두두…….

구불구불하고 시야가 흐릿한 동굴인데도 두 마리 짐승은 거침없이 매우 빠른 속도로 달렸다.

두 마리 짐승이 거의 시속 40㎞의 속도로 달리는데도 하롬과 아르네크는 안정된 자세로 편안해 보였다.

강도는 하롬의 잠재된 기억 속에서 지금 달리고 있는 동굴이 푈드빌라그의 대한민국 본부인 섹혜이로 가는 통로라는 것을 알았다.

또한 이들을 태우고 달리는 두 마리 짐승이 수십만 년 전에 지저세계로 데리고 들어간 말의 후손이라는 사실을 알게 되었다.

커다란 덩치의 말이 지저세계에 적합하도록 절반 크기로 진화한 것이다.

하롬의 머릿속은 매우 복잡했다.

그는 지금 자신의 머릿속에 강도의 정신이 들어와 있다는 사실을 모르고 있다.

강도가 '나 들어간다' 하고 들어가지 않는 이상 모른다.

또한 얼마 전에 술집에서 자신이 아르네크에게 죽여 달라고 말했던 사실조차도 망각했다.

강도가 그 사실을 지워 버렸다.

하롬과 아르네크는 강도에게 정신이 제압됐지만 그 사실을 모른 채 그저 평소처럼 행동하고 있다.

"하롬우르, 저희들은 준비가 되어 있습니다. 언제든지 명령만 하십시오."

아르네크는 지금 상황에서 하롬이 어떤 행동을 취할지 짐작한다는 듯이 말했다.

그러나 하롬은 둘째 형 마쇼디크를 죽여서는 안 된다고 생각했다.

그것은 디오가 원하는 것이기 때문이다.

무조건 디오가 원하는 것에 역행하는 것이 뙬드빌라그를 위하는 길이라고 하롬은 믿었다.

우두두둑—

하롬과 아르네크가 작은 말을 타고 달리는 왼쪽에 강이 나타났다.

지하의 강이다.

강폭이 20m나 되는 강은 잔잔하게 흐르고 있는데 수심이 꽤 깊어 보였다.

강과 길이 함께 이어진 이곳은 천장의 높이가 10m쯤 되는 커다란 동굴이다.

또한 강도는 처음 엘리베이터에서 내려 여기까지 오는 동안 줄곧 완만하게 아래로 내려가고 있다는 사실을 알았으며 지금도 계속 내려가고 있는 중이다.

강과 길이 끝났다.

그리고 하롬과 아르네크의 질주도 멈추었다.

하롬의 눈을 통해서 그곳에 펼쳐진 광경을 보고 있는 강도는 약간 놀랐다.

하롬과 아르네크 앞에는 거대한 바다가 있었다.

지저세계에 바다가 있을 리 없다.

그러니까 지하 호수일 텐데 얼마나 넓은지 어디를 봐도 하롬과 아르네크가 도착한 방향을 제외하면 끝이 보이지 않았다.

지금까지 하롬과 아르네크와 함께 달려온 지하의 강은 폭이 50m 정도로 넓어졌으며 이곳에 이르러 호수로 흘러들고 있었다.

두두둑…….

두 마리 말이 멈춘 곳은 호숫가의 드넓은 광장이다.

그곳을 광장이라고 해야 하는지 어떨지는 모르겠지만 하여튼 어마어마하게 넓은 곳이다.

다만 광장에는 수천 개의 봉우리들이 빽빽하게 솟아 있었으며 그 끝은 50m 높이의 천장에 닿아 있었다.

그러니까 그것들은 봉우리라기보다는 기둥이라고 해야 옳을 것 같았다.

돌기둥의 굵기는 천차만별이었지만 평균적으로 지름이 3m 이상이었다.

그리고 아래쪽으로 내려올수록 점점 더 굵어져서 작은 산 모양을 이루었으며 바닥에서는 작은 것의 둘레가 30m에 이르렀다.

돌기둥의 맨 아래쪽에는 구멍이 뚫려 있으며 그곳으로 마족 엠베르들이 드나들고 있었다.

말하자면 엠베르들은 돌기둥 아래쪽에 구멍을 뚫고 들어가서 안쪽을 파내 공간을 만들어 그곳을 거처로 사용하고 있는 듯했다.

거처 하나에 20명 정도의 엠베르들이 기거하고 있으므로 이 광장에 얼마나 많은 엠베르가 있는지 상상이 되었다.

하롬과 아르네크가 광장 쪽으로 걸어가자 그를 발견한 엠베르들이 일제히 동작을 멈추고 깊숙이 허리를 굽혔다.

그때 페헤르 한 명이 나는 듯이 하롬에게 달려왔다.

강도가 그를 보고 페헤르라고 직감한 것은 대부분의 페헤르들이 똑같은 복장에 쌍둥이처럼 준수한 용모를 지니고 있기 때문이다.

하롬의 심복 부하 중 한 명인 페헤르는 하롬 앞에서 허리를 굽히고 나서 빠르게 말했다.

"마쇼디크우르께서 기다리고 계십니다."

"어디 계시느냐?"

"안내하겠습니다."

페헤르는 방향을 틀어 호숫가 쪽으로 걸어갔다.

하롬은 페헤르를 따라가다가 어느 순간 앞을 쏘아보며 우뚝 걸음을 멈추었다.

저만치 호숫가에 우뚝 서서 망망한 호수를 바라보고 있는 한 남자의 모습이 하롬의 눈 속으로 빨려 들어왔다.

『갓오브솔저』 6권에 계속…

이제부터 전자책은

이젠북

www.ezenbook.co.kr

새로운 세계가 열린다!

초대형 24시 만화방

신간 100%, 샤워실, 흡연실, 수면실(침대석), 커플석, 세탁기 완비

▪ 시흥 정왕25시점 ▪

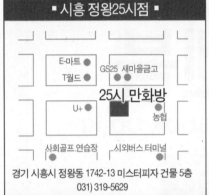

경기 시흥시 정왕동 1742-13 미스터피자 건물 5층
031) 319-5629

▪ 강북 노원역점 ▪

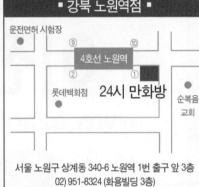

서울 노원구 상계동 340-6 노원역 1번 출구 앞 3층
02) 951-8324 (화용빌딩 3층)

▪ 일산 정발산역점 ▪

라페스타 E동 건너편 먹자골목 내 객잔건물 5층
031) 914-1957

▪ 일산 화정역점 ▪

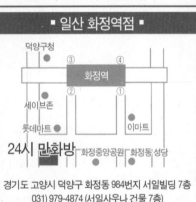

경기도 고양시 덕양구 화정동 984번지 서일빌딩 7층
031) 979-4874 (서일사우나 건물 7층)

▪ 부천 역곡역점 ▪

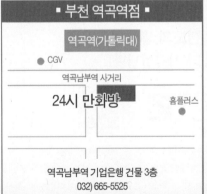

역곡남부역 기업은행 건물 3층
032) 665-5525

▪ 부평역점 ▪

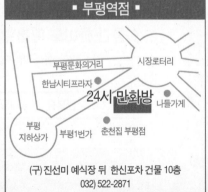

(구) 진선미 예식장 뒤 한신포차 건물 10층
032) 522-2871

GAME BALL

게임볼 설경구 장편소설
FUSION FANTASTIC STORY

무명의 야구인이었던 남자,
우진이 펼치는 야구 감독으로서의 화려한 일대기!

『게임볼』

"이 멤버로 우승을 시키라고?"

가상 야구 게임,
게임볼을 통해 인생 역전을 꿈꾸는

한 남자의 뜨거운 행보에 주목하라!

Book Publishing CHUNGEORAM

유행이 아닌 자유추구 -
WWW.chungeoram.com

전생부터 다시

FUSION FANTASTIC STORY

홍성은 장편소설

죽음으로 모든 걸 끝내고 싶지 않아
인간으로 환생하게 된 대마법사, 로렌 하트.

그러나 알 수 없는 괴물의 등장으로 인해 인류가 멸망해 버리고
홀로 살아남은 그는
고독과 외로움에 다시 한 번 더 환생을 결심하는데……

하지만 현생을 반복하는 것만으로는 의미가 없다.
시간을 되돌려 대마법사가 되기 전의 시절로 되돌아갈 것이다!

대마법사 로렌 하트, 전생부터 다시 시작한다!

Book Publishing CHUNGEORAM

유행이 아닌 자유추구 -
WWW.chungeoram.com

GRAND SLAM

FUSION FANTASTIC STORY

자미소 장편소설

그랜드슬램

2016년의 대미를 장식할 최고의 스포츠 소설!!

Career record : 984W 26L
Career titles : 95
Highest ranking : No.1(387weeks)
Grand Slam Singles results : 23W
Paralympic medal record : Singles Gold(2012, 2016)

약 십 년여를 세계 최고로 군림한 천재 테니스 선수.
경기 내내 그의 몸을 지탱하고 있는 것은…… 휠체어였다.

『그랜드슬램』

휠체어 테니스계의 신, 이영석(32).
그는 정상의 자리에서도 끝없는 갈망에 사로잡혀 있었다.

"걷고 싶다, 뛰고 싶다. …날고 싶다!!"

뛸 수 없던 천재 테니스 선수
그에게, 날개가 달렸다!!!

Book Publishing CHUNGEORAM

유행이 아닌 자유추구—
WWW.chungeoram.com

FUSION FANTASTIC STORY

담덕사랑 장편소설

三國志
삼국지
더 비기닝

대한민국의 평범한 교생이었던 진수현.

갑작스러운 지진에 휘말려

간신히 몸을 피했다고 생각한 순간.

그의 눈에 보인 것은 고대 중국 후한시대,

피비린내 나는 전쟁터였다.

"어떻게든 살아남아야 한다!
그래야 돌아갈 수 있어!"

시간을 거슬러 거센 난세의 격랑 속에 빠져 버린 남자.
새로운 삶을 개척하는 그의 손에

대륙의 역사가 바뀐다!

Book Publishing CHUNGEORAM